竜の医師団 1

庵野ゆき

この世は竜の創りしもの。竜のあるところに豊穣あり。だが竜が病む時、彼らは破壊をもたらす。〈竜ノ医師団〉とは竜の病を退ける者。極北の国カランバス。虐げられし民ヤポネ人の少年リョウは、憲兵から逃れ必死で飛空船の発着場を目指していた。〈竜ノ医師団〉は治外法権、飛空船で辿《たど》り着き入団できれば、ヤポネ人でも道が開ける。発着場に向かう途中リョウは、上流階級のお坊ちゃんレオニートに出会う。彼も医師団に入団したいというのだ。二人は協力して船に乗りこむが……。『水使いの森』で第４回創元ファンタジイ新人賞優秀賞受賞の著者が贈る、竜の医師を目指す少年たちの物語。

リョウ・リュウ・ジ……ヤポネ人の少年
レオニート・レオニトルカ・オパロフ……オパロフ家の子息。〈真珠ノ民《ジエムチウーク》〉
リリ……〈竜ノ巣《ゲネスド・ドラコーナ》〉生まれの少女
カイナ・ニーナ……竜血管内科長。〈赤ノ人〉
マシャワ……医師団長、ディドウスの主治医。〈太陽ノ民〉

The Characters

料理長《シェーウ》……学生食堂の料理長
ゼヤンダ……竜皮膚科長
イゴリ……竜整形外科長
ヴァーサ……ニーナ氏の高祖母
イリェーナ……リョウが育った孤児院の院長
ディドウス……カランバスの竜

竜の医師団 1

庵野ゆき

創元推理文庫

THE DRAGON HEALERS

by

Yuki Anno

2024

目次

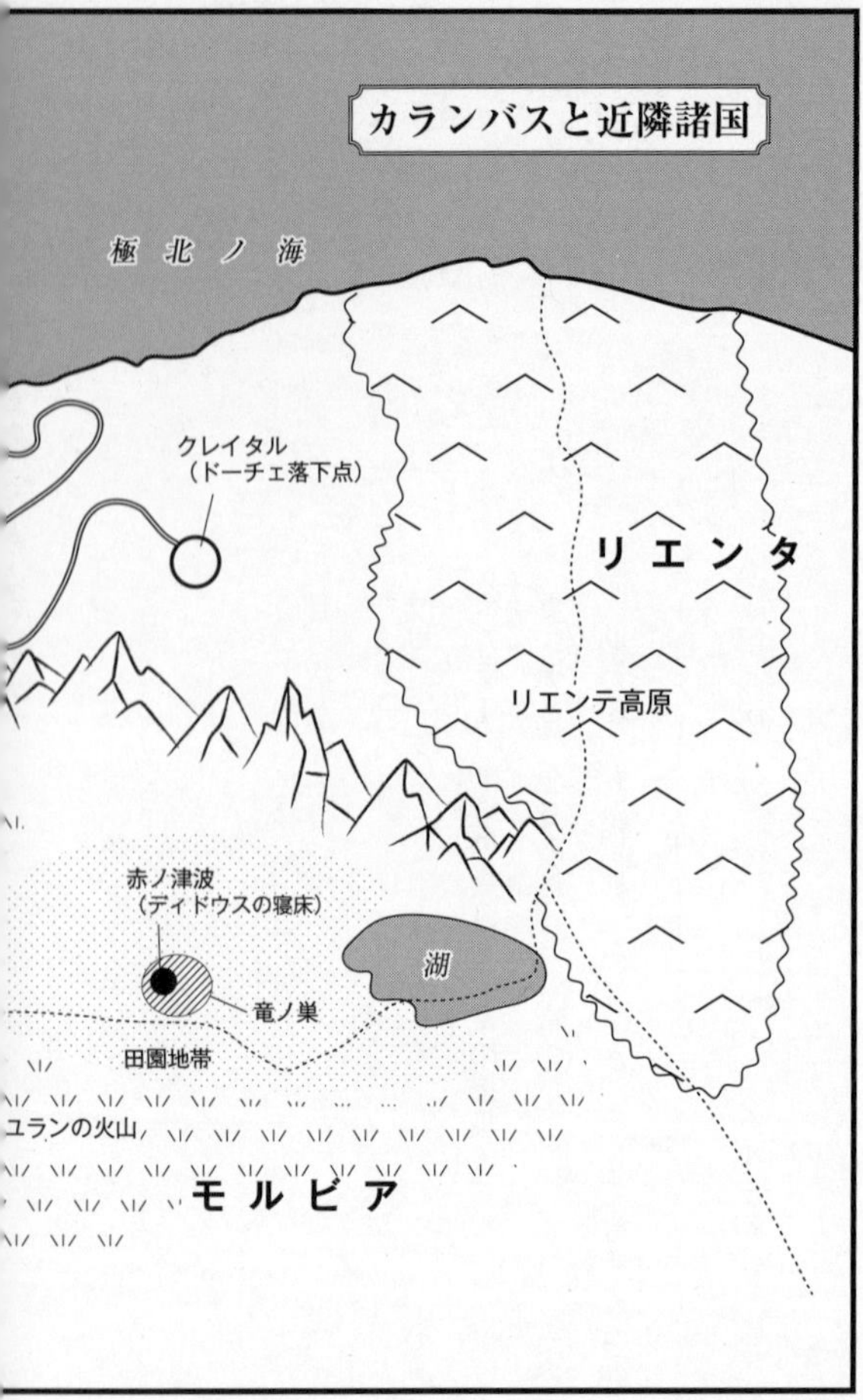

カランバスと近隣諸国
極北ノ海
クレイタル
（ドーチェ落下点）
リエンタ
リエンテ高原
赤ノ津波
（ディドウスの寝床）
湖
竜ノ巣
田園地帯
ユランの火山
モルビア

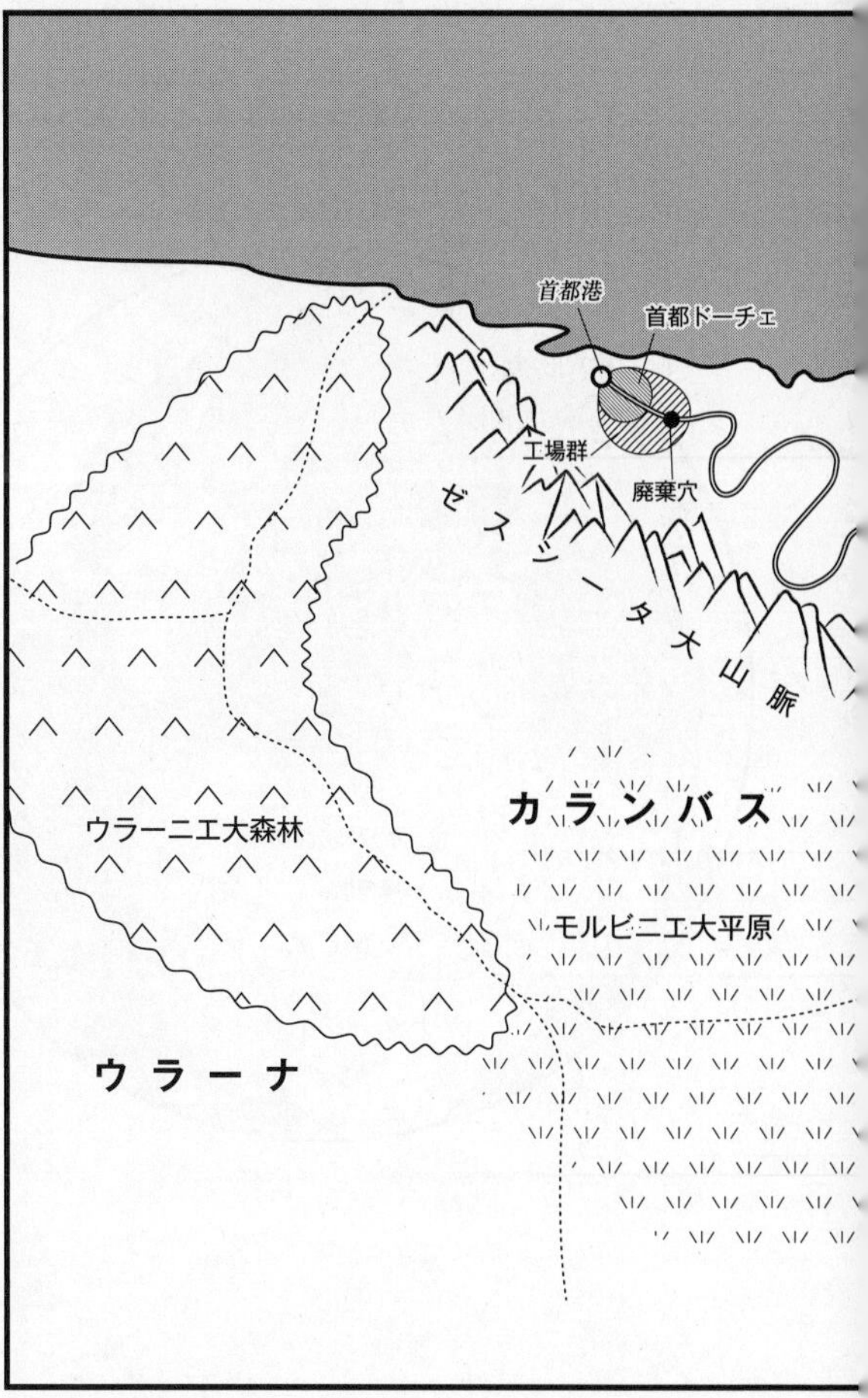

首都港
首都ドーチェ
工場群
廃棄穴
ゼスーータ大山脈
カランバス
ウラーニエ大森林
モルビニエ大平原
ウラーナ

カランバスと北半球の略図

竜の医師団 1

この世は竜の創りしもの。
彼らが天を舞わば、気流が生まれ、
海に潜らば、海流が生まれ、
地に降り立てば、その大いなる爪にて土を耕し、
その身を震わせば、雲湧き、雨降り来たる。
竜あるところに豊穣あり。
彼らは草原に花を、森に果実を、畑に麦穂をもたらし給う。

ただし。
それは彼らの健やかなる時のみ。

悠久なる竜が病みたる時、
彼らは大地に破壊をもたらし給う。
〈竜ノ医師〉とは災厄たる〈竜ノ病〉を退ける者。
優れし医師のあるところに、竜は舞い降りたる。

かつて竜の身のうちを見透かすが如《ごと》く病を暴き、
竜と同じ世を見るが如くに真理を語る医師あり。
不毛の地に数多の竜を招きしこの医師を、
〈竜ノ目を持つ者〉と人は呼びき。

〈カランバス中興記　序文より抜粋〉

プロローグ

「起きなさい、リョウ・リュウ・ジ……！」

　突然に揺さぶられて、おれは飛び上がった。

　眠気を振り払って目を開ければ、真っ暗だった。けれども深夜とは限らない。極北の国カランバスの冬は長い。今は極夜を越えたばかり。昼間はほんの数短針《チェサ》（数時間）だけ。あるいはもう『朝』なのかもしれない。

「急いで身支度なさい、リョウ」

　小声で、けれども鋭く、女性の声が命じる。暗闇に目を向ければ、ぎりぎりまで絞った室内燈《ランプァ》の灯りに、恩師の顔が浮かび上がっていた。

「イリェーナ先生」

　おれは寝ぼけた声で呼んだ。日頃から険しいお顔立ちだけれど、今日はまた冬山の峰のよう。よっぽど寝過ごしたのだろうか。

「すみません、すぐに、朝の掃除を始め……」

「憲兵が来ます」

ぴしゃりと先生に遮られ、おれは凍りついた。

「ばれたんですか。先生が、おれに――」

咽喉《のど》から出かけた言葉を、ぐっと呑み込む。どこで誰が聞いているとも限らない。もし憲兵の耳に届いたら、先生まで連行されてしまう。

人ならざるヤポネの民。

そのおれに――文字を教えたなんて。

「時間がありません。今すぐ、ここを出なさい」

はい、とおれは小さく答えた。恩師に対して、それ以外の返事は要らない。でも哀しいかな、迷いに声音が震えた。

逃げる当てのない者が、はたして逃げ切れるだろうか。

「いっそ出頭した方が」

最初で最後の、口答えを試みる。

「先生のことは絶対に話しません。無知無学のヤポネとしてしらを切り通して見せます、だから――」

「いいえ、貴男《あなた》は行くのです」

おれがぐずついている間に、先生は素早く荷を整える。布切れで出来た鞄に、これまた布で出来た財布と、布で包んだ黒パンと、腸詰めチーズ《トゥオログ》（肉の代わりにチーズを詰めた、安価な保存食）、切符、そして一通の封筒を入れていく。

封筒には、細い灯りにも鮮やかな、真紅の封蠟《ふうろう》が施されていた。

ドラコーン――〈竜〉の印だ。長い首に、大きな翼。四つの太い足が踏みしめるのは、古めかしい字体で刻まれた文言だった。

「対峙《たいじ》せよ、されば開かれん」

先生は呟《つぶや》くように読み上げると、おれに毅然《きぜん》と告げた。

「〈竜ノ巣《ゲネズド・ドラコーナ》〉を目指しなさい。そこで貴男は試験を受けるのです」

竜の姿を封蠟にいただくのは、〈竜ノ医師団〉のみ。

「お行きなさい、リョウ・ジ。〈竜よりいづる《ヤポネ》〉人ならば、竜のふもとにあるのが正しいでしょう」

カルテ 1

咽喉《のど》の痛みと、竜の爆炎

患竜データ			
個体名	〈竜王〉ディドウス	体　色	背側：エメラルドグリーン 腹側：ペリドットグリーン
種　族	鎧　竜		
性　別	オ　ス	体　長	1460 馬身（実測不可）
生年月日	人類史前 1700 年前（推定）	翼開長	3333 馬身（実測不可）
年　齢	4120 歳（推定）	体　重	測定不能
所在国	極北国カランバス	頭部エラ	宝冠状
地域名	同国南部モルビニエ大平原 通称〈竜ノ巣〉	虹　彩	黄金色

カランバス暦 432 年（人類暦 2424 年）8 月 21 日

主　訴

夜間に増悪する咳、呼吸困難、咽頭痛

現病歴

半年前から夜間の咳嗽が激しく、眠れない。
この一月で呼吸苦も出現した。咽頭痛を伴う。

身体所見

意識清明、表体温 28 ～ 56 度（変温性）。
経皮的動脈血酸素飽和度 99%。
心音呼吸音に異常なし。咽頭内の観察で異常なし。

検査所見

血液検査：拒否、内視鏡検査：拒否

診療計画

患竜の訴えの傾聴と説得

申し送り

薬剤は苦みを訴え拒絶感強い様子。牛肉でのコーティング推奨。

「……ヤポネだ！」

罵声《ばせい》を浴びて、おれは腰掛《スカミーキ》から飛び跳ねた。

人垣越しに、やたらと丈のある毛皮帽が見えた。大仰な前立てに、勲章が輝いている。国花《ロマシカ》の勲章だ。それが示す身分はただ一つ。

憲兵である。

なんてことだ。この首都港《ヴガバーニ》まで追ってくるとは。しかし嘆く暇はない。鞄をかき寄せ、おれはそっと席を離れた。

間一髪だった。

「骨片《くず》拾い野郎！」

「無軌道者《イナヴァリッツ》！」

「〈国民保護法〉違反！」

憲兵が怒鳴り散らしている。この騒ぎにも、旅行客たちは冷ややかに座り続けていた。ははぁとおれは察した。これは通報されたな。場違いな人間が首都港にいるぞとね。

さもありなん。おれは目立つ男である。

自意識過剰じゃあない。ヤポネの宿命だ。この極北の地には珍しい、きりりと黒い髪。同じ黒の瞳に、ちょっぴりとがった耳。輝ける蜂蜜《はちみつ》色の肌に、時を知らぬが如《ごと》き若々しさ。

「探せ！　見た目は十二、三歳の子供だ！」

もとい、幼さ。

これでも十六歳と知ると、みんな驚く。

せめて髪と耳は隠しておくかと、つぎはぎだらけの布の帽子を深く被り直し、耳当てを垂らした。荷を奪われた時のために、鞄から切符と封筒を取り出す。上着《ルバシカ》の内側に仕舞い込もうとして、封筒の〈竜《サルキィ》〉が目に入り、おれは決意を新たにした。

絶対に、この鬼ごっこに勝ってやると。

とはいえ、相手は熊《ミシャ》のように執念深い。旅行客のひしめく待合室では、さすがに銃をぶっ放しはしないだろうが、これはいったん屋外に出ざるを得なさそうだ。

玄関ホールは永久凍土を削って造られている。灯りにきらきら瞬《またた》く氷の壁が、旅行客を出迎えていた。賑やかな家族連れや上品な老夫婦、裕福そうな商人と付き人。彼らの纏《まと》う分厚い毛皮の間をおれは駆ける。大きな玄関扉から、凍った風の吹く屋外に飛び出して。

通りの灯りの眩《まぶ》しさに、目が眩《くら》んだ。

まるで白夜の夏だった。無数の街灯。立ち並ぶ店の窓は、どれも明かりで溢れている。通りを行き交う蒸気四輪《スチモビル》が道路を照らし、警笛をぷぅぷぅ交わす。

なんといっても素晴らしいのは、この香りだ。街中の煙突が純白の煙をしゅっしゅっと吐いているが、煙臭さは一切ない。粗悪な〈煤炭《すすずみ》〉なんぞではなく、〈竜脂炭《りゅうしたん》〉を焚《た》いている証拠だった。

さすがは首都〈お嬢さん《ドーチェ》〉！

これが〈山〉のふもとかと感嘆する。おれの育った町は〈谷〉にあったので〈煤炭〉も貴重だった。煙突の煤を集めて固め直したもので、これが煙ばっかり出すのだ。

おっとそうかと悟った。さてはこの身に染みた煙臭さが、おれの素性を暴露していたに違いない。どうりで妙に視線が刺さると思った。通報されたのもそのせいか。

しかしどんなに歓迎されなかろうが、おれはこの町に用があるのだ。

なんとかして、首都港にもう一度忍び込まなくては。ここから裏玄関を目指そう。この市場通りをまっすぐに抜け、公園を通っていけば着くらしい。あちこちに看板が掛かっており、迷う心配はなさそうだ。

よし、と決めた時、がちゃがちゃという銃の揺れる音が聞こえてきた。慌てて、市場の人波に飛び込む。この国の人間はのっぽばかりだ（おれがチビなのだと彼らは言うが）。こうして人ごみに紛れ込めば、おれは氷原の白うさぎも同然となる。

買い物客たちの合間を、するすると縫う。色んな光景が目に飛び込んでくる。例えば、玩具屋の陳列窓には、竜の木馬が飾ってある。綺麗《きれい》なエメラルド色だ。その前で幼い女の子が「かってー」と、母親の腕を引っ張っていた。

こちらの菓子店では、もこもこの毛皮を着こんだ老婦人が「苺の砂糖漬け《ヴェラニェ》がひとびん、白銅貨一枚ですって？」と鼻白んでいた。

「〈竜ノ巣《ゲネズド・ドラコーナ》〉近郊でとれた一級品ですよ」店員がなだめる。「どうぞお味見を……」

その隣の家具屋の看板には、こう書かれていた。

〈竜のうろこ、爪、牙――こだわりの無垢の逸品を、あなたの部屋に〉

店先を飾る群青色の椅子に、紳士が足を止めた。「これはお目が高い」と売子が媚びる。

「これはよくあるうろこ製ですが、一六〇〇年前の砂漠国《ヘト・カプ》にて、雄竜アルワンが落としたものから削り出しました。これが非常に珍しい青き竜で――」

次第に、おれは追われていることを忘れた。足を緩め、きょろきょろと辺りを見回す。首都はおろか、商店街に入ったこと自体、これが初めてだった。幸いにも、追手はおれを見失ったらしい。銃の揺れる音は聞こえなかった。

ある店には子供たちが集まっていた。窓硝子《ガラス》の向こうに、竜のおきものが並んでいる。大人気の競技〈盤上遊戯《シャフマトイ》〉の駒《こま》だ。駒によって動きが異なり、勝つと相手の駒を貰える。強い駒を集めるのに、子供も大人も夢中になるのだ。

「見ろよ、〈女帝〉カテンカの駒だ」男の子が黒曜石の駒を指した。

「本当だ」隣の子が窓硝子に鼻を押しつけた。「十方向無制限って、最強じゃん」

その隣は書店だった。窓硝子の向こうに開いてあるのは〈世界で最も美しい竜たち〉の寫眞集《フォトアルボ》（しかも印刷工による色つき）！　凍った窓越しに、ルビー色のうろこの雌竜が、月のような瞳をこちらに向けている。

思わず立ち止まり、その瞳に見入っていると、書店の扉が荒々しく開いた。

「レオニート坊ちゃまは？」

「駄目だ、この店にもおられない」

険しい顔つきの紳士たちが、ひそひそと囁《ささや》き合う。彼らはすぐさま別の店に向かった。物腰こそ柔らかながら、人という人を押しのける傍若無人《ぼうじゃくぶじん》ぶりだった。

あの調子でついてこられたら逃げたくもなろうよ。見知らぬ『レオニート坊ちゃん』におれは思わず同情した。

だが逃げると言えば、おれも追われていたのだった。我に返り、書店を離れる。寫眞《フォト》の竜に見惚れている場合じゃない。おれは今から本物の竜のもとに行くのだ。

そこからは脇目も振らずに歩き、市場を抜け、公園に入った。

夜の闇に沈む黒い針葉樹。その合間に、落葉樹が寒々と立つ。葉も花もない枯れ枝には色とりどりの燈灯が下げられ、偽りの彩りを添えていた。その色硝子にも雪が凍りつき、まるで曇り細工を施したようだった。

そんな枝々の間から、空を覗き見る。もうだいぶん白んでいた。今日は曇りのようだ。重く垂れこめた雲をつくように、港の目印がそびえたっていた。

天をつく奇岩――〈肋骨《エレブロ》〉である。

弓なりに湾曲するこの岩は、首都の象徴だ。町の北側に、幾つも立っている。そのうち一本のふもとに、目指す港があるのだ。

公園は雪が深かった。気ばかり焦るも、足は思うように進まず。何度も滑り、やっとの思いで港の玄関灯を見た時は、もう汗だくだった。

そのままへたり込みそうになったのは、けれども疲れのせいではない。

――やっぱり、こっちも張っていたか。

ロマシカ勲章つきの帽子が、玄関口に幾つもうろついていた。

肩を落としかけた、その時だった。背後に、きしり、と雪を踏む足音を聞いた。弾かれたように振り返る。緩やかにくねる小路の、白樺の樹々。その間に大柄の男たちの影がちらついていた。

がちゃがちゃと銃の揺れる音に、ぞっと背筋が冷える。

——追いつかれた！

おれは急いで、手近の木立の間に飛び込んだ。そこは低木が茂り、トネリコの木が枝をしだれさせている。隠れるには良い塩梅《あんばい》だ。

そんなおれは、氷の粒ほども考えていなかった。

茂みの中で、頭をぶつける羽目になろうとは。

がん！　火花が目の奥に散った。激しい頭痛が襲う。いったい何にぶつかったんだ、と思う暇もなかった。なんと突然、腕を摑まれたのだ！　ぎゃあっ、と叫ぶ口も塞がれて、おれはその狼藉者《ろうぜきもの》に、茂みの奥へと引きずり込まれた。

「静かに」

狼藉者が鋭く囁いた時だった。トネリコの枝が揺れて、雪がずり落ちてきた。どさりと重い音が鳴り、おれたちの身体が埋まる。枝の揺れが収まったところで、角灯《ファネル》の光が差し込んできた。

憲兵の灯りだ。丸い光が頭上を行きつ戻りつする。おれは息を詰めた。どういうわけか、おれを抱きかかえる何者かも、じっと息を潜めている。

静寂が林に満ち、氷柱《つらら》の伸びゆく音まで聞こえそうだった。やがて獲物はいないと判断したのか。角灯の丸い光と、雪を踏む足音が、ゆっくりと遠ざかっていった。

「……行きましたね」と、背後のやつが囁いた。

「……うん」と、おれは答えた。

いやそれより、お前は何者よ。

勢いよく振り向けば、相手は虚をつかれたらしく、ぎょっと身を引いた。積もった雪が崩れて、ふわりと雪煙を立てる。

たった今、雪から生まれ出ました――

もし、やつがそう言えば、うっかり信じたかもしれない。

青みを帯びた金の髪。銀と見紛う灰色の目。その瞳は氷に似て、瞬《まばた》くたび緑に紫に変化する。肌は粉雪よりもきめ細かく、石膏《せっこう》よりもまろやかで。

――こいつ、〈真珠ノ民《ジエムチウーク》〉か。

おれは心の中で呟《つぶや》いた。このカランバスで最も富める民の名だ。つまりはおれの対極。地に堕ちたヤポネには、交わるべからざる相手といえる。

とはいえ、出合った縁は無駄にしないおれである。

あんた、名前は？　その疑問を投げる前に、ぴんと悟った。

こいつ、もしかして。

「……レオニート？」

市場で見かけた、傍若無人な紳士たち。彼らが探していた坊ちゃんの名を口にしてみる。

すると、青金色の睫毛《まつげ》が驚きに揺れた。当たったようだ。

だが次に驚いたのは、おれだった。

「……リョウ・リュウ・ジ？」

なんで、おれの名を知っているんだ？　そう目で尋ねると、やつは笑った。どうやら彼も逃げる際に、おれを探す憲兵の会話を耳に挟んだようだった。

「貴男《あなた》も、船に乗られるのですね」レオニートは人懐《ひとなつ》っこい。「どちらまで？」

「お前は？」おれはまだ警戒心を解けない。

「これは失礼」やつは優雅に会釈した。「僕は〈竜ノ巣〉です」

おれは思わず目をかっ開いて、やつの顔を見つめた。すると相手も、こぼれ落ちそうに目を見開いた。互いの行先が同じと悟ったのだ。

次の瞬間、おれたちはがっしりと手を握り合っていた。

貧しき民と、富める民。そんな違いは些細《ささい》なものだ。おれたちは同志だ。敵を躱《かわ》す目も成功を摑む手も、多ければ多いほど良い。まぁドジを踏む足も二倍になるが、そこを気に病むケチな野郎に、逆転劇は訪れやしない。

なにしろ状況は最悪だ。敵は今や待ち伏せに転じたらしい。首都港の玄関はがちがちに固められている。散ってくれたなら、まだ隙があったものを。

「かといって」おれは憎々しく舌打ちした。「裏道があるわけでなし」

「それが」レオニートがこのうえなく上品に告げた。「あるのです」

なんだって⁉ おれが振り向くと、坊ちゃんはぎくっと身を引いた。そこを捕まえて、早く吐けと迫ると、実は公園を出た先に、職員の通用口があると言う。

「おし。行くぞ」

とっととおれは立ち上がり、だがすぐさま、雪の中へと引き戻された。

「いけません！」

レオニートの腕が再びおれをかき抱く。おっとりした口調に似合わず、彼の力は強い。

「出入りが頻繁で、とても忍び込めるものでは」

「途切れることぐらいあるだろ」

「いつ人が出てくるとも分からないのですよ」

「ここにずっといたって一緒だろ」

レオニートが瞬いた。金糸のような前髪がさらりと揺れる。あんまりきらきら光るので、正直なところ話の邪魔である。

「……そうですね」

「よし、行くぞ」

改めて茂みから飛び出せば、レオニート坊がおずおずとついてきた。

彼の案内のもと、雑木林の合間を抜ける。夜明けの風が地表の粉雪を巻き上げ、おれの薄い外套の隙間に滑り込んだ。冷たい！　汗を掻いたのが不味《まず》かった。先ほどから背中の布地がぱりぱりと鳴るが、おそらく凍りついている。

「あちらです」

凍った鼻の中を溶かそうとしていると、木立の先をレオニートが指した。石畳の道だ。突き当たりに、ぽつんと地下道の入り口が建っている。

「船の格納庫《アンガル》への通用口です」レオニートが囁く。「この通りは商店街に続いています。旅行客が購入した品を、首都港の職員が運搬するのです。……あぁ、あのように」

見れば、道の隅から男が一人現れた。雪そりを引いている。荷台には、小包みが山ほどのっていた。どれも港の店の名入りだ。重いのか、男の顔はうんざりとして見えた。

「船は〈竜ノ道《ドロガ・ドラコーナ》〉に乗って進みます」レオニートは滔々《とうとう》と続ける。「この〈竜ノ道〉が引かれる日時は不定期なので、出港まで旅行客を退屈させぬよう、首都港では娯楽施設の充実が図られました。格納庫への直通路も、そうした事業の一環であり――」

レオニートの声は低く、耳心地が良い。語尾のかすれるところが、なんとも甘やかだ。惜しむらくは硬い語り口と恐ろしく釣り合わず、おかげで内容が頭に入らない。

「なに、あんた、港の関係者？」

要点だけ拾って訊けば、相手はだんまりを決め込んだ。

「別に詮索しやしねぇよ。この先の道が分かるかって話だよ」

「分かります」やけにきっぱりとレオニートは言った。「しかし、往来が」

そう言う合間にも扉が開き、先ほどの従業員が出てきた。

レオニートが目を伏せた。青金色の睫毛に、氷の粒がはらりと落ち、透明に溶け入る。理想の憂《うれ》い顔というものがあるなら、きっとこれだろう。画家がすっ飛んできそうだなと思いつつ、おれは彼の肩を小突いた。

「問題ねぇよ」

おれも彼に倣《なら》って、きっぱりと言った。

「言っただろ。人の行き来は途切れるもんだって」

レオニートの視線はいぶかしげだ。おれはまぁ待て、と手で応えた。ぱりぱりに凍った布帽子の、つばをぐいと引き上げる。こめかみにぐっと力を込めて、鉄扉を凝視した。

寒さに震える息を止め、待つこと数拍。

鉄の扉を透かすように、ぽうっと光が灯った。

七色の光だった。外側は青白く、内になるに従って橙《だいだい》色から真紅に変化する。それが数個、人の形を取りながら、扉の奥で動いていた。

おれは拳《こぶし》を強く握った。

よし、分かる。

「出てくるぞ」と囁く。「まずは二人。五歩遅れて、もう一人」

レオニートが息を呑む。おれの言葉の直後、鉄扉が開いたのだ。従業員が二人、そりを引いて現れる。彼らのきっかり五歩後、別の男が小走りに扉を出ていった。

「入ったら、まずどっちに向かう?」

おれは口早に訊いた。返事はない。動揺してくれるな、坊ちゃん。勝機が逃げる。

「右」唾を呑み込む音がして、やっと青年は答えた。「右です。それから、すぐ左へ」

「隠れながら進めそうか?」

「なんとか」

「よし、案内頼むぞ」かじかんだ指をほぐして、おれは告げた。「もうすぐ二人出てくる。その後だ。いいな」

信じるほかないと腹をくくったか。レオニートが頷いた。おれも力強く頷き返す。

扉が開いた。一人通り、二人通る。

今だ。

二人同時に動き出す。走るのは我慢だ。公園を散策していたふうを装う。ここで周囲の注目を集めては、焚きつけた暖炉に氷塊をくべるようなもの。そうと分かっちゃいるが、焦る。扉がゆっくり閉じていく。内からしか開かない仕組みならどうする？

ごとん、と扉が閉まる、その寸前。

レオニートのすらりとした指が、取手の輪を捕らえた。

やつの腕の長さが幸いした。おれの腕？　比較なぞ無益さ。優雅にしなる腕をくぐれば、さてまず右へ。すぐさま左へ。ここまでは予想通りの無人。

レオニートが間を置かず滑り込む。何故こいつが閉じると音一つ鳴らんのか。

この先は確かめ合いだ。

「三十歩ほど先の階段を上ります」

「待て。一人下りてくる」

「では、まず手前の通路に」

「左は駄目だ。右へ」

首都の街並みに反して、この地下道は暗かった。石張りの壁に剝き出しの鉄骨が這い、合間を配管が奔《はし》る。ところどころで蒸気が噴き上がり、油圧計の針が細かく振れる。その合間を、さながら〈盤上遊戯《シャフマトイ》〉の駒の如く、行きつ戻りつして進んだ。

「……素晴らしい」職員を五回やり過ごした時、レオニートが吐息をついた。「なるほどこれが、〈ヤポネの神秘〉なのですね」

「人を化け物《モンストレ》みたいに言ってくれるな。あんたらが鈍いんだよ」

「しかしヤポネ人には霊力があると聞きます。ゆえに占い師が多いとか」

「そりゃ詐欺師ってやつだろ」

「いいえ」彼はふわりと笑む。「少なくとも僕にとって、貴男は本物ですよ」

向こうが透けそうなほど無垢な微笑《ほほえ》み。詐欺師も良心を痛めて退散しそうだ。こいつが引っかかるとしたら、悪意ではなく善意の罠だろう。

お前の言う『本物』が、地獄に引き込むかもしれないぞ、と心の中で呟いてみる。

雑談を交わすのは、首尾が上々だからではない。この先どうするか、どちらも言い出さないだけだ。船の格納庫なぞ袋小路そのもの。自ら捕まりにいくに等しい。

それでも、おれたちは進み続ける。

鉄扉が再び現れた。おれが合図を出し、レオニートが取手を摑む。扉をわずかに開いた途端、淀んだ地下道の空気が動き出した。機械油とかび臭い風が、どうっと押し寄せる。風圧で閉じかけた鉄扉を、二人がかりで力任せに引いた。

そうして二人で滑り込んだ、その先に。

巨大な飛空船が、そそり立っていた。

これが〈船〉か。初めて間近に見る姿に、おれは圧倒された。両舷から張り出した帆はまるで竜の翼。傘のような骨組みに、薄く丈夫な膜が張られている。内臓のように透けているのは、歯車の群れだ。

こんな鉄の塊が、空を飛ぶとは。

不思議だが、この国で船といえば飛ぶものだ。というのもカランバスは極北の国。河や湖は年中凍っている。北にある唯一の海岸は、常に氷山がぶつかってくる断崖絶壁だ。

そもそも海は〈竜ノ狩場〉だから、人間は立ち入らないが——

そうして呆然と船を見上げていると、機械の陰に引きずり込まれた。

「御覧ください」

おれをぬいぐるみよろしく抱えて、レオニートが囁く。

「運搬扉が開いています」

蒸気と銅管の隙間を覗いてみれば、本当だ。鉄を打ちっぱなした船底で、昇降扉が引き下ろされている。荷を積む箇所らしい。

離陸の準備中だろうか。従業員たちがせっせと出入りしている。けれども妙なことに、彼らはせっかく積み上げた荷を崩しているようだった。

「荷物の搬入は離陸の一短針《チェサ》前に締め切られます。そこで搭乗しそびれた乗客がいれば、その者の荷を降ろす決まりなのです」

曰《いわ》く、その荷に爆破物が仕込まれた危険があるためという。手引書を読み上げるような彼の言葉（しかも美声が災いして頭に残らない）を数回反芻《はんすう》し、おれはやっと理解した。つまり従業員たちは今、現れなかった客の荷を降ろしているのだ。

そのドジな乗客はといえば。

「そう。僕たちです」

レオニートが微笑んだ。

「船の搭乗口が閉め切られても、ここはしばらく開いているだろうと予想していました。ですからどうしても、この格納庫に来たかったのです」

——ありがとう《ブラガーダ》、リョウ。

彼が囁いた時、歓声が上がった。運搬扉から出てきた職員が革の旅行鞄を掲げている。レオニートの荷である。皆たいした喜びようだった。良かった、これで〈竜ノ道〉に間に合う。そう言わんばかりに。

刹那《せつな》、天に遠雷が鳴った。

「あぁ」レオニートが待ち焦がれたように呟く。「来ましたね」

彼に倣い仰げば、四角い空があった。格納庫の天井が開放されているのだ。極夜明けの短い昼の空は、厚い雲に覆われている。

その鬱々《うつうつ》とした灰白色を一刀両断して、それは現れた。

「竜《ドラコーン》――」

呟いたのはおれか、レオニートか。職員たちも手を止め、天を横切る群れを仰ぐ。

雲の高さにあってなお明瞭な、その山の如き巨体。長い首を伸ばし、尾をしならせて、翼でゆったりと大気を打つ。それが何十頭と並び、矢じりの陣を組んでいた。厚い雪雲が切り裂かれ、眩しい青天の道が引かれていく。

〈竜ノ道《ドロガ・ドラコーナ》〉である。

竜は天の生きものだ。ああして群れを作り、天空を回遊しながら過ごす。彼らの巨体が大気を裂くことで、気流が生まれ、天候が動くのだ。狩りのために深海に潜れば、それが海流となり、潮を生み出す。

地上に降りるのは、老いた竜と身重の竜、そして病める竜のみ。

おれはいつしか、胸に手を当てていた。懐中の〈竜〉の封蠟《ふうろう》に祈る。おれは行きたい。この手紙が招く地へ。あの飛空船が向かう先へ。

——どうやって？

積み荷が整え直された。完了の掛け声が上がり、職員が操作盤を叩く。引き下ろされていた運搬扉が、ごとりと動き出した。

ぼおーっと低い汽笛が鳴る——出航するのだ。

「行きますよ、リョウ」

優美な手がおれの腕に触れた。と思えば突然、強く引き出した。おれはたたらを踏み、それから気づく。おれはレオニートとともに、機械の陰から飛び出したことに。

おれたちは船へと、まっすぐに駆ける。

職員たちの正面を、堂々と突っ切って。

「おい！」おれは叫んだ。「何を——」

言葉が続かない。あまりの速さに足がもつれる。つんのめる、と思った刹那。ぐうっと身体が浮き上がった。レオニートがおれを担ぎ上げたのだ。

この華奢《きやしや》な身体のどこに、そんな馬鹿力が。そう茶化す余裕はなかった。船の扉はもう半分持ち上がり、船体は上昇し始めている。

――こいつ、まさか。

全身から、どっと汗が噴き出した。おれを抱える青年が、脚に力を込めたのだ。分厚い毛皮越しにもはっきりと分かる、そのしなやかな筋肉の動き。

「しっかり摑まって」

馬を軽く走らせるように、やつは言う。如何《いか》にも優しげだが、問答無用らしい。

おれの悲鳴、もとい制止も虚しく、やつは跳躍した。

運搬扉は機械仕掛け。何が飛び込んでこようが、容赦なく閉じていく。もはや九割がた閉じた扉の、隙間は男の肩幅程度。挟まれたら胴が真ッ二つだ。

まず、やつの足先が入り。次に、おれの足先が入り。二人の腹が収まり、頭が過ぎた。

そう思われた、その瞬間。

ごっとん、という重い音とともに。

何かが引っかかり、ぶちりと千切れた感覚がした。

おれは身を硬くするほか術がない。扉を滑り台にして降りていく。貨物室の床に強《したた》かに尻を打ちつけた。けれども尻の痛みを覚える前に、おれは叫んだ。

「坊ちゃん！」

返事はなかった。

いや、あった。おっとりとした、ため息とともに。

「ああ、これはもう駄目ですね」

振り返れば、レオニートが朗らかに微笑みながら、外套をつまんでいた。見事な毛皮がずたずたに裂けている。一拍遅れて、千切れた残骸がはらはらと舞い降りてきた。

「上手く行きましたね」

船の上昇する気配に、楽しげに囁く。おれは詰めていた息をやっと解放すると、そんな彼に能う限り上品に応じた。

「死ぬかと思ったわ、このどあほう！」

「お腹がすきませんか、リョウ」のほほんとレオニートが問う。「何か頼みましょう」

何かって何を。第一この部屋は何だよ。

舞踏会が開けそうな、馬鹿げた広さ。壁も床も硝子の総張り、足もとを雲が流れ行く。

中央のソファは美しく弧を描き、机上には豪華な花が生けられている。それらを背にして、違和感の微塵《みじん》もないレオニートに、飛空船の乗務員が一礼した。

「食前のお飲みものは如何《いかが》いたしましょう」

「そうですね。では酸酒《クワス》を」

「承知いたしました」

承知いたしちゃ駄目だろう。こちとら侵入者だぞ。

おれは侵入者らしく、貨物室にいるべきだと弁《わきま》えていた。そこに、レオニートがまたも「行きましょうか、リョウ」と言い出したのだ。嫌な予感はしたものの、まさか貨物室の扉を開け放つなんて誰が思う？　ましてや乗務員に近づくなんて。

ところが乗務員は搭乗券を確かめるや、粛々《しゆくしゆく》とこの一等室に通したのだった。

「言ったでしょう」クワスを受け取り、レオニートは言う。「飛空船内は目的地の領土とみなされます。僕たちの向かう〈竜ノ巣〉は自治区——憲兵団の管轄外ですから」

彼は微笑み、グラスを傾けた。あぁかくも爽《さわ》やかな居直りがあろうか。

促されるまま、おれはソファに移った。硝子の床がどうにも恐ろしく、足を抱えて座り込む。真下をなるべく無視して、おれは景色を見渡した。

竜の群れが去っても、〈竜ノ道〉は太く保たれていた。空は澄み渡り、雲海は彼方へと押しやられている。凍った大地へと目を下ろして、おれは息を呑んだ。

異様。

その一言が、胸を満たす。

こうして飛空船から眺め下ろして初めて、自分の生きてきた大地のいびつさを知った。深い谷が蜒々と続いている。例えるなら、巨大な蛇が這った跡だろうか。曲がりくねり、時に交錯しながら、広大な大地を縦横無尽にのたうっている。

その這い跡の〈谷〉の終着地に、首都はあった。ここだけ小高い〈山〉となっている。東西に延びる尾根は、まるで横たわる竜のよう。その山の懐《ふところ》辺りに首都があり、谷へと線路が延びる。おれの育った孤児院は、あの深い谷間の町外れにあるはずだ。

「……どうされましたか、リョウ」

控えめな声に、はっと目尻を拭えば、手の甲がしっとり濡れた。

「へっ」と照れ笑いを浮かべる。なんの涙か、自分でも分からない。「気ぃ抜けたかな」

「僕もです。まったく、ぎりぎりのところでしたからね」

レオニートの優しい気遣いは、けれどもあえなく吹き飛んだ。

おれの腹が、ぐうーっと盛大に鳴ったのだ。

おれが腹に飼っている虫は働き者だ。そこにちょうど乗務員が戻り、皿を並べ始めた。酢漬けのにしん《セリーッ》と香草の前菜。真っ赤なビーツ豆と塩漬け豚の煮込み。ふかふかの丸パン。そして鶏挽肉の揚げつくね《コトレーティ》。どれもほかほかと湯気をあげている。

これらは〈竜ノ巣〉の郷土料理だという。どこのものだろうと美味に違いない。食前の儀を略して、即座に手を伸ばす。おれの不調法を横目に、乗務員は「粗食で恐縮です」と一礼して下がった。

嫌味だろうか？　いいや、違う。

「〈オパロフ家〉の坊ちゃんが相手じゃあ、恐縮もするわな」

レオニートの手がぴたりと止まる。おれは素知らぬ顔でパンを頬張った。

「乗務員に査証を見せただろ。レオニート・レオニトルカ・オパロフ……ぼんぼんだとは思っていたけど、首都の盟主の坊ちゃんとはね」

レオニートの瞳が、戸惑いから感嘆の色へと移り変わる。

「──貴男は、文字が読めるのですね」

思いもよらなかったという声音に、そうでしょうねと思う。

ヤポネは字が読めない。読めてはならないのだ。

カランバスを守るため制定された〈国民保護法〉。これによりヤポネ人は就学と母国語の使用の一切が禁じられている。転じて、ヤポネは無学と無知の代名詞だ。

生まれという名の〈道〉を外れない限りは。

「告発するには遅いぜ」おれはにやりとしてみせた。「お前はこの〈無軌道者《イナヴァアリッツ》〉の逃亡を手助けした、いわば共犯者だからな」

「誤解しないで。僕は驚いただけです」柔らかにレオニートは断じた。「現在、我が国でヤポネ人を受け入れている教育機関は皆無です。そんな中、どのようにして」

「気骨のある人がいらしたのさ」

おれはおどけて手を上げた。言えるのはここまでだという牽制だ。万が一でも大恩人に累が及んではならないからな。

孤児院長のイリェーナ先生。あのほぐれとは無縁の、きりりとしたひっつめ髪。無駄を削ぎ落とした灰色のお仕着せ。窓にカーテンすらない、懐かしの院長室。

この国の良心は、あの方と同じ姿をしているだろう。窓に布を垂らすぐらいなら、孤児たちのために新しい本を買う。そんな御婦人だった。

またこの国の幸運は、おれと同じ姿をしているだろう。教育はもちろん、孤児院というまともな環境で育てられたヤポネは他にいまい。もっとも表向きは、院長づき小間使いという立場だったが。

教室や図書室の片づけをさせていたら、勝手に学んでしまった。そういう態にしたのだ。そうして五年余り、〈国民保護法〉の網をすり抜けていたが、だんだん監視の目が厳しくなり、ついに憲兵が来るすんでのところで、逃がしていただいたというわけだ。

「その『気骨ある方』のために、〈竜ノ巣〉に行かれるのですね。あの地ならば、憲兵もおいそれとは入れませんから」

おれの連れは、少々察しが良すぎるようだ。

「しかし、よく査証が下りましたね。〈竜ノ巣〉は特殊な地域です。〈竜ノ医療〉に関わる者でなければ滞在許可は出ません。〈医師団〉の団員と親族。もしくは訓練生――」

そこでレオニートは止まった。彼の表情に、おれは降参した。

「お察しの通りだよ」

おれはやれやれと、竜の封蠟の書簡を取り出した。中身は入団受験の資格証だ。

お行きなさい、リョウ――いつもの硬い調子で、先生はこれを差し出した。手に入れるのにさぞや苦労されたろうに、御礼もお別れも言えぬまま、おれは憲兵と入れ違うようにして、孤児院を飛び出してきたのだ。

「なるほど」レオニートは饒舌《じょうぜつ》だ。「〈竜ノ医療〉は危険かつ困難を極めます。そのため、医師団は『出自』ではなく、『能と志』を団員に問う。入団規約書にそう記載のある以上、ヤポネの貴男にも受験資格はあり、資格証とともに査証も下りる」

相変わらず、何かを読み上げるように話すやつだ。理解も早すぎる。

「妙に詳しいな、オパロフの坊ちゃん」

「レオニート。レオと呼んでください。……僕も同じなのです」

苦い声でそう呟き、彼が取り出したのは同じ〈竜〉の封蠟の文だった。

「オパロフの名は捨てました」静けさに一片の苦みを含ませ、彼は告げた。「今日から、僕はただのレオニートです」

父親から代々受け継ぐ〈父姓〉レオニトルカ。それをも脱ぎ去るところに、彼の決意の固さが窺《うかが》えた。

「……きっと貴男の人生に照らせば、僕のそれは軽いものでしょうが」

「別に」おれは肩をすくめた。「人生は一人一つきりだぜ。取ッ替えて比べられねぇ以上、重いも軽いもなかろうよ」

嫌味じゃない。本心だ。それにイリェーナ先生のところには、家から逃げてきた子供が腐るほどいた。詳しくは訊かんし、話さんだろうが、察するものはある。

「頑張んな」

あえて素っ気なく言えば、やつはさも嬉しそうに笑った。

「ありがとう《ブラガーダ》」青金の髪のせいか、彼の笑顔はやたらと眩しかった。「貴男を見ていると医師団の銘を思い出します。貴男は必ずや入団されるでしょう」

対峙《たいじ》せよ、されば開かれん。レオニートがその美声で口ずさむ。

図らずも懐かしさを覚えた。同じ文言を、イリェーナ先生もよく仰っていたものだ。困難に向き合いなさい。結末を見届けなさい。最後まで対峙した先に、道は続いているものです。

「……憲兵から逃げ回ったやつに手向ける言葉じゃあねぇな」

「対峙すべきものと、すべきでないものがあるのですよ」

「それを言っちゃあ、お終いよ」

掛け合いの合間にも、船は南下する。険しい山が現れて、氷の宝冠が足もとを過ぎる。皿がすっかり空いた頃には、山岳は幾分か低まっていた。

針葉樹の硬い緑や、雪の刺々しい白は融け、萌木色《もえぎ》のブナ林の渓谷となる。鏡の破片のように散る湖の群れ。その水面が映す空の、紺碧《こんぺき》から朱色へと塗り替わるさまを見届けることなく、満腹心地のおれの身体はソファに沈み、瞼《まぶた》は重く垂れていった。

「いよいよですね、リョウ」

顔を上げれば、やはりレオニートだった。

こいつの微笑みには緊張の欠片もない。花を差し出すような手つきで、自分の資格証を指し示し、おれの席から遠いと残念がる。

周りの視線が刺さるのは絶対こいつのせいだ。ヤポネのおれ以上に、この場にそぐわぬ存在があろうとはね。

幸運《キシウダーチ》を。爽やかに祈り、レオニートは立ち去った。その腕に携えた外套は新品、しかも前より上等だ。船を降りた時には既に手にしており、『船内販売で求めました』とさらりと宣った。ここまで突き抜けると、やっかみも覚えんものだ。

遠ざかる背中には余裕があった。彼の優雅さは、為せば為るという自信の表れだ。この〈竜医大〉に着きさえすれば、受かったも同然と思っており、実際そうだろう。

おれとは違って。

受験生らが着席する。ぴりりとした静寂の中、試験官が注意事項を読み上げる。おれは全て聞き流し、頭上をぼんやり眺めた。

この大会堂は〈竜医大〉の中心部にあるという。骨のように白い柱を起点に、太い梁《はり》が螺旋《らせん》状に駆け上がる。梁の隙間から覗く天井は、眩暈《めまい》がするほど高い。大樹のうろに住む栗鼠《りす》の気分だ。

この塔は螺旋。それも二重の螺旋が絡む複雑な造りだ。〈竜ノ風《タルナーダ》〉に耐えるための構造と聞いたけれど、どの柱がどう支え合っているのか、中から見てもさっぱりだった。

理解するのはいったん脇に置いて、おれはただ見入った。

この光景を忘れないように。爺さんになっても思い出せるように。

試験用紙が配られた。周りの受験生の逸る熱を感じつつ、おれはしんと凪いだ心持ちで問題を見つめた。見つめたまま、ペンは手に取らない。その意味がなかった。

一問も解けないのだから。

先生には感謝している。心の底から、これ以上なく。この国のヤポネで、新聞が読め、手紙が書け、勘定が出来る者は、おれ以外にいやしまい。

けれども、おれは学校で正式に学んだわけではない。法律に則り、教育は受けられず、よって宿題を添削されたことも、試験を受けたこともない。教室前の廊下を掃きながら、耳をそばだてて授業に聞き入り、児童たちが寝静まった後に、図書室の隅で本を読み漁る。それを許すのが、先生も精一杯だった。

見よう見まねの独学。勉強の仕方など分からず、合格基準すら知らない。そんなやつを通す試験なぞ、試験の意味もなかろうよ。

先生も御承知で、ただおれを逃がす手段として受験を申請したのだ。とにかく自治区に入り込み、下働きの口を見つけて、なんとか忍び暮らせるようにと。

憲兵が迫る中、詳しいことは聞けなかったけれども、先生の意図を悟る程度の頭はあるつもりだ。こんな危険な橋を渡っていただいた、その御恩に報いねばと、懸命に駆けて、逃げて、ついに逃げ切って、おれはこの場に座っている。

　おれはなんて幸運な男だろう。

　会場に満ちるペンの音に耳を傾ける。本を読むように問題を眺め、彼らはこんなことを学んできたのだなぁと思いを馳せる。おれは生まれて初めて学び舎の中にいた。じっくり学生気分を味わおう。そうして戯れに、ペンを構えてみて。

　ふと、思いがけない衝動にかられた。

　名前だけでも書きたい。

　手が震えた。紙面に当たったペン先が、涙のような染みを作る。公式文書に字を綴る、それはおれにとって、どんな大冒険よりも無謀だ。

　もしも憲兵が名入りの解答用紙を入手したら？　『字を書けるなんて誤解です』という言い逃れはもう出来ない。投獄されるために、この地に来たのか。無意味な真似はよせ、リョウ・リュウ・ジ。

　それでも、ペンは手を離れない。

　おれはここにいる。指先がそう叫んでいた。今日この日、一人のヤポネがここに座り、挑んだのだ。決して越えられぬ壁の、本来その足もとにも辿《たど》り着けないところに、小さな爪痕をぽつんと残して。

そんな馬鹿げた感傷は、けれどもどうにも抗《あらが》いがたく。おれの指は動き出した。重石を引きずるように、紙を破らんばかりの圧で、がり、がりりと線を引く。

滲《にじ》み、迷い、歪《ゆが》みに歪んだ、最初のひと文字。それが完成すると、もう止まらない。

一字綴るたび胃はきりきり痛み、心は逆しまに軽くなる。初めの教科も、次もその次も。

結局全ての用紙に名をしっかり刻み、おれは人生初の試験を終えた。

「いかがでしたか、リョウ」というレオニートの問いかけに、「上々よ」と即答する。

そんなこのうえなく晴れやかな心地で、おれは大会堂を後にした。


カランバスは広大な国だ。大陸一の大きさで、隣国全てを足した面積よりも広いとか。

強大国だから？　いいや、逆さ。永久凍土が延々と広がり、人の住めるところが限られているというわけ。

不毛の〈見捨てられし地〉、それがカランバスの代名詞だ。

国土を分断する大山脈〈守りの頂き《ゼスシータ》〉。その北側は極寒だ。山肌から吹き下ろす寒風に、雪は周年融けず、大地も河川も凍りつく。

首都ドーチェが建つのは、なんとその極北の地。何を好き好んでと思うだろうけれど、どこもその地なりの利があるもの。首都を囲む〈山〉からは、極上の〈竜脂炭〉が採れるのだ。なんでも世界最高峰と誉れ高く、要するに、ひどく高く売れた。外国船に最上級の〈竜脂炭〉を売りつけて、対価の物資を得る。そうして首都の生活は豊かに成り立っている。そう、首都に限ってはね。首都から離れるほど、つまり下流駅の町になるほど、何もかも乏しくなるのはご存じの通りだ。

その何もかも乏しくなった町々で、さんざん使い古され、つぎはぎされて、もはや修理しようのなくなった機械の残骸。いわゆる〈骨片《くず》〉を廃棄する縦穴が、おれたちヤポネの住処だった。

おれもヤポネである以上、当然そこの生まれなわけで。

どんな暮らしだったかって？　良い思い出以外はさっさと捨てる性分なので、詳しくは忘れた。だがまあ、逃げ出したくなる程度には劣悪だったはずだ。

親兄弟の記憶はない。『オヤジさん』と呼んだ野郎はいたが、あれは闇市の悪徳じじい。おれみたいな孤児にくず拾いをさせて、〈廃棄穴〉のすぐ横の終点駅に売ッ払って生きる、ケチな男だった。いや、ケチにもなれまい。勘定が出来ないから、どうせ二束三文で買い叩かれていたのだろう。

とにかくざまあみろと留飲を下げたくなるほどには腐った野郎で、何がきっかけだったかなんて今更思い出せもしないが、とにかくおれは決断したのだ。

逃げてやると。

くずが集まると、そいつは孤児たちに荷を背負わせて、街に上がる。その機をついて、おれは脱走した。思えば大胆なもんだ。向こうみずなガキだったから出来たんだろう。

一刻も早く離れたくて、線路沿いをずっと歩いた。終点駅を抜けて、隣町に入るまで、いったい何短針《チェサ》かかったのか。白夜の季節を選ぶぐらいには、おれは賢かった。おかげで凍傷で手足を失う前に出会えたのだ。

大恩人のイリェーナ先生に。

くず溜めから迷い出た、身の程知らずのヤポネ。泥まみれの小汚いガキを、先生は何故匿うと決められたのだろう。貴重な〈煤炭〉をくべた院長室の暖炉。つぎはぎだらけの、けれど清潔な毛布。あの日に飲んだ、野菜の根っこが浮かぶスープほどに、美味《おい》しかったものはいまだかつてない。

途切れがちのおれの記憶も、あの瞬間からは全て鮮やかだ。

ご無事かしら。先生を思い出すたび、心配になる。なんとか様子を知りたいけれども、手紙なんか絶対に出せない。仕方ないので、空に飛空船を見るたび、心の中でそっと語りかける。先生、おれ、ちゃんと着きましたよ。〈竜ノ巣〉まで。

でも変な町です、〈竜ノ巣〉は。

関心ごとは、もっぱら〈竜ノ医療〉のみ。観光事業とは無縁で、つまり宿泊施設《ガシチーニツァ》の類《たぐい》がなかった。受験生全員を収容できる建物は少なく、おれたち受験生にあてがわれたのは、医師団の学生寮の空いている部屋だった。

受験番号順に割り振られたものの、それも適当なもので、受験生らは見知った者同士、勝手に部屋を交代していった。ヤポネと同室になりたいやつは、もちろんいない。おれは晴れて個室を手に入れた。

そのはずだったが。

何故だか、レオニートがついてきた。それが到着初日。

筆記試験を終え、三回目の朝を迎えた彼は、もうすっかりここに住むと決めたように、窓際の長椅子でくつろいでいた。補修跡だらけの古椅子も、こいつが座るとやたら趣《おもむき》を醸《かも》し出す。

「おはよう、リョウ」

朝日に髪をきらめかせ、同室者は歌うように挨拶する。

「今日はいよいよ、竜との対面ですね」

おれは寝ぼけ眼をこすりつつ、記憶を漁った。そういえば、受験者は試験後、竜に直接会わせてもらえるのだっけ。まぁおれには縁のない話——

「あ、そっか」

はたとおれは気づいた。試験を棄権するつもりでいたので、すっかり失念していたが、名前だけながらも解答したため、おれにも竜に会う資格が生じていた。

「リョウは本当に大器ですね」レオニートはどうもおれに幻想を抱いている。「僕は昨夜、まったく寝られませんでした」

へぇ、こいつも緊張するのか。茶化せば「もちろんです」と大真面目に返してきた。

「竜との対面は最重要事項です。如何に成績優秀であろうと、竜に対峙できぬ者は決して入団できません」

まあそうだろうな、とおれは頷いた。竜のための医師団だからな。

「適性なしと自ら悟り、〈竜ノ巣〉を去る受験生は毎年、山の如く出るそうです。しかしこればかりは本人も、実際に対峙してみるまで分かりません。いわば本人の素質であり、対策は不可能です。筆記試験など、添え物に過ぎないのです」

ふぅとレオニートはため息をつく。背後の窓枠も相まって『憂える青年』という表題のつきそうな絵面となった。完璧すぎて悲壮感に乏しい。

やつの悩みをよそに、おれの心は浮き立ち始めた。竜に会えるのだ。

そうと決まれば腹ごしらえだ。「咽喉を通りません」とうなだれる同室者を、部屋から叩き出す。医師団に入ろうという男がそれ以上痩せてどうする。第一この寮の飯は美味いのだ。さっさと食堂に連れていけ。

というのも、この寮はまるで迷宮だ。建て増しを重ねた結果らしい。廊下のど真ん中を配管が横切り、蒸気をしゅうしゅう上げるところもあれば、大きな機械が鎮座して、実質封鎖状態のところもある（なんという無計画！）。床の上で歯車がきりきり回る渡り廊下なんぞは、いつ動き出すか知れず、渡る気に到底ならない。

迷子が続出するのか、案内図が配布された（改善する気はないらしい）。レオニートはこれを初日に一瞥《いちべつ》したきり、勝手知ったる調子ですいすい進んでいくのだ。思えば、首都港の地下を通った時も、やたらと正確に道を知っていたが。

「御明察の通りです」

食事中に鎌をかければ、彼は素直に口を割った。

「オパロフ家の事業の関係で、首都港の図面を見かけまして。地下道の道順もその時に。まさか役立つ日が来ようとは思いませんでしたが」

本当にちらりと見ただけなんだろうな。どんな頭をしているんだか。

それより、この水餃子《ヴァレニキ》の美味いこと！『食堂名物』とあったが、さもありなん。三食賄《まかな》いつきで雇ってくれないかしら。誠心誠意働きます。

内心では職探しを早速始めつつ、今日のところは学生ごっこを続けるとする。

誘導に従って寮を出れば、大型の蒸気四輪が何台も停まっていた。剝き出しの荷台に、家畜よろしく乗せられる。このまま、どこぞに売られたりして。そんな冗談はヤポネ人が口にすると洒落にならないので、慎んでおいた。

しゅうっと蒸気を吐き出し、車は出発した。裸の荷台に乗るなんて、極北の本土でならすぐさま凍りつくところだが、さすがは国の最南端だ。既に陽は高く、昼は長く、おれの安物の外套すら不要だった。留め具を一つ二つ外し、風を招き入れる。

「春《ヴィスナー》――」

レオニートが囁いた。

国土を分断する大山脈〈守りの頂き《ゼスシータ》〉。その北側は永久凍土だが、南方は住みよい。春と夏があるのだ。雪は毎年融け、土が現れ、草原と畑と森が広がり、隣国と線路が繋がる。

家々が途切れた。目に押し寄せたのは、花の海だ。

地平線まで広がる草原。風に波立つ新緑のまにまに、色彩が氾濫《はんらん》する。いったいどれほどの色があるのか。数え切る前に花の洪水は終わり、景色はまた一変した。

草花は焼き払われたように姿を消し、代わりに現れたのは岩の渓谷だ。炎の大河だ、とおれは思った。真っ赤な岩の大地が何層にもうねりながら流れている。ひときわ高い岩が現れ、それが〈赤ノ津波〉という名前だと教えられた時だった。

雷鳴さながらの轟音《ごうおん》が、全身を打った。

巨大生物の咆哮《ほうこう》であった。

「受験生!」

咆哮が止んですぐ、どこからか声が届いた。ここの教師なのかしら。

「防火服を装着し、速やかに整列せよ!」

そうしたいのはやまやまながら、実行できた者は少なかった。凄《すさ》まじい音は平衡感覚を奪うらしい。ふらふら眩暈を来しつつ、なんとか降車する。

「静粛に! これより留意事項を述べる!」

再び、教師の声が降ってきた。太く低い声だが、どうも女性のようだ。どこから話しているのだろうと見回していると、受験生たちから声が上がった。

「〈赤ノ人〉だ!」

どよめきが広がる。皆が次々に〈赤ノ津波〉を指差した。彼らにつられて、おれも目を上げた。赤い崖肌を削って造った、岩の階段。そこに、その女性は立っていた。

炎のような髪。赤褐色の肌。紅玉髄《カーネリアン》さながらの瞳。

まさしく『赤』の人だ。

いわゆる〈赤ノ民〉というやつかなとおれは推した。確かに珍しい。カランバス古来の民だが、近代化に伴い、純血はめっきり少なくなったと聞いた。

そう、『聞いた』だけだ。所詮は無学のヤポネ、この国の歴史は学んでいない。小耳に挟んだ話を、あれこれ繋ぎ合わせて推測しているだけだ。

それによると減ったのは純血だけで、〈赤〉の血を引く者は多い。曰く、カランバスの大地は氷に閉ざされているけれど、人民の心は広く開かれているので、〈赤〉の血を一滴でも引いていれば、カランバスの民とみなされるとのこと。

ただし、ヤポネは別。

どこが『開かれて』いるんだよ、と思った記憶がある。

「〈竜血管内科〉カイナ・ニーナ科長である！」

どよめきをもろともせず、〈赤ノ人〉は怒鳴る。その可愛らしい童顔からはかけ離れた、どすの利いた声だった。

「これより竜の面前に参る。諸君がすべきはただ一つ！　団員の指示をよく聞き、即座に従うことだ。でなければ、五体満足で帰れる保証はない」

いきなりの不穏な言葉に、受験生たちがしんと凍りついた。

「竜は人の意に副わんものだ。中でも、我らが竜はすこぶる気難しい。無礼を働くなよ！

高齢とはいえ、聴力はすこぶる良好である。高音には少々鈍くなったが、内緒話の低音に限って筒抜けと思え」

既にだいぶん失敬なことを、ニーナ科長は堂々と告げた。

ここで配られたのは外衣《リザ》だった。硬質な手触りの、火鼠の毛織《アスベストーシス》製とある。周囲の岩と同じ炎色で、防火よりもむしろ発火しそうだ。

その次に渡されたのは、……なんだろう、これは。防具の一種だろうが、まるで鉄仮面だった。頭から首まですっぽり覆う構造。目の辺りには透明な板が張られ、一部の隙間も許さない。あまりの重装備ぶりに、却って不安を抱く。

「諸君が覚えるのは三つだ」

ニーナ科長の真っ赤な手が、槍のように空をついた。

「〈退避〉〈装着〉、そして〈伏せ〉！　犬のようだと笑うなよ。むしろ訓練犬の方が今の諸君よりもずっと賢いのだ。おまけに彼らは特注の防護服に身を包む。諸君のはあくまで簡易の防火服だ。使い方を誤ると、一瞬で丸焦げに――」

恐ろしいことを口にして、ニーナ科長は唐突に止まった。大きな目が、これでもか、とひん剝かれる。〈赤ノ人〉も白目には色が乗らないらしい、と感心していると。

ニーナ氏は猛烈な勢いで階段を下り出した。

獲物を見つけた赤鷹の勢い。最後の十段ばかりは跳び下りて、本当に翼の生えたよう。そのまま、氏はずんずんと進む。おれの目の前まで。

「お前、ヤポネか！」

氏は怒鳴り、おれの肩に摑みかかった。

不味い。全身から汗が噴き出した。これは通報される流れだ。ここは安全と信じ込んでいたが、甘かった。ヤポネはどこに行ってもヤポネなのだ。

逃げなきゃ。踵《きびす》を返そうとして、だが失敗した。なんて力だ！ 肩が抜けそうだ。

「団長、報告だ」おれを捕まえて、医師は無線を入れた。「ついに、ヤポネ人が来た！」

おれは絶望に頭が真っ白になっていた。けれども少しして、ん？ と目を瞬いた。

「ついに！」ニーナ氏はおれの両肩に喰らいついた。「我らの医師団も、ヤポネ人が留学するまでになったか！」

そのまま、おれはぐいぐい押され始めた。言葉で、そして腕で。

「何故カランバスを希望した？ お国の〈イヅル〉では、老竜の症例が少ないからか？ ならばここは最適だ、なにしろ世界最古の竜の寝床だからな！」

おれはへっぴり腰。相手は前のめり。おれの足はずんずんと後ろに下がる。

おれの頭はぐるぐると混乱していた。お国って？〈イヅル〉って？いや、イヅルの名前は知っている。東の海の島国で、ヤポネ人で成る唯一の国だ。

だからお前もさっさと行っちまえ。そんな罵倒《ばとう》と、石入りの雪玉が飛んでくるまでが、よくある流れだ。ところが今日は、なんだか様子が違う。

「イヅル国では近年、身重の竜や仔竜が主流と聞くが、彼らもやがては老いる。千年先を見据えるとは、さすが〈竜ノ医療〉発祥の国。こちらが留学したいくらいだ！」

押されるがまま後退し、紅い崖肌に背が当たった。おれはやっと理解する。何か壮絶に勘違いされていると。

「なぁ君」

赤い瞳をぎらつかせて医師は言う。

「君の育った地にも医師団はいただろう？〈竜舞う国〉とも呼ばれるイヅル国だからな。入学のあかつきにはぜひ橋渡しを――」

待って。なんのこと？

そう訴えようにも、あわあわと喘ぎが漏れるばかり。冷たい態度には慣れっこだけど、これほど熱く注目された例しはなく。要するに、おれは怖気づいていた。

赤毛の大山猫《ルイシ》に舌なめずりされている気分だ、と思った時だった。

真珠《しんじゅ》色の手が、目の前をすっと横切った。

「ニーナ先生」甘くかすれる低音。「彼は、この国の生まれですよ」

レオニートだ。ぐいっと引き抜かれ、おれはやつの腕に収まった。獲物を横取りされたニーナ氏は、怒り狂うかと思いきや、途端に冷めた顔をした。

「なんだ、カランバス産か」

そこに、ざざっと布のこすれるような音がした。無線であった。

『いい加減にしなさい、ニーナ。非礼も奇行も目に余りますよ』

至極まっとうな御指摘。良かった、医師団にもまともな方がいる。お声もニーナ氏とは対極の、おおらかな女性のものだった。

『早く皆さんを連れていらっしゃい』

ニーナ氏はこめかみに指を揃え、「了解《ターク》、団長」と敬礼した。

やれやれ、なんとか竜との面談は叶いそうだ。すっかり興味を失った様子のニーナ氏に、おれは胸を撫でおろした。

他の受験生と一緒に〈退避〉〈装着〉〈伏せ〉の練習を済ませる。それから一列に並び、崖の階段をぞろぞろと上った。手すりがないので恐ろしい。岩に手を添え、慎重に進む。

おれの背後では、レオニートが「高いですねぇ」と朗らかに笑っていた。

転げ落ちるなよ、坊ちゃん。そう注意しようと、おれは顔を上げて。

そのまま凍りついた。

初めは、月だと思った。巨大な黄金の球体が浮いている。その周りに深緑の岩が無数に連なり、まるで夜の森林を眺めているよう。

その満月が、ゆっくりと瞬いて初めて。

これは竜の目なのだと、おれは気づいた。

「足を止めるな、受験生！　後ろがつかえている！」

ニーナ氏の号令が飛んで、おれは慌てて足を出した。けれども、すぐに止まった。前の受験生が動かないのだ。その先も、そのまた先も。

列の前方を、おれは目で辿った。ざっと半分ほどの受験生が、竜を仰いだまま動けなくなっていた。膝が崩れて崖肌に縋《すが》る姿や、よろよろとへたり込む様子が見られた。

『竜に対峙できぬ者は決して入団できません』

『適性なしと自ら悟り、〈竜ノ巣〉を去る受験生は毎年、山の如く出るそうです』

今朝の寮での、レオニートの言葉が頭に浮かんだ。

「……大丈夫か、坊ちゃん」

背後の彼に囁きかければ、ややあって「――はい」と硬い声が返った。

その後は、おれたちは無言を保った。脱落者らの横をそっと通り過ぎる。追い抜きざまちらりと窺えば、夢という名の魂をごっそり抜かれた顔があった。

彼らの横をすり抜け、黙々と上り続けて、ついに〈赤ノ津波〉の頂上へと到着する。

「紹介しよう、諸君！」

ニーナ氏が告げた。

「我らが竜〈ディドウス〉だ！」

その首は、天空を支えるという伝説の大樹さながら。

その背は、豊かな森を湛える山岳さながら。

巨体の何倍もあろう翼は、今は折り畳まれている。はるか彼方に揺れる尾。その先まで暗い緑色のうろこが埋め尽くすさまは〈鎧竜〉の名にふさわしい。頭のうろこはいっそう大きく、まるで宝冠を戴いたよう。

太陽を遮って、竜は巨大な鎌首をもたげる。うろこが軋《きし》み、地鳴りの如き音が響いた。大気が巻き上がり、風が生まれる。森の芳香が辺りを満たす。ゆっくりと開かれた口は、地獄の業火と同じ色合い。

放たれたのは、雷鳴のとどろきだった。

「おぉ、今日は機嫌が良いな！」痺《しび》れた鼓膜の向こうで、ニーナ氏が笑っている。「喜べ、受験生。歓迎されているぞ！」

轟音に、全身をびりびり打たれて、おれたちは返事どころじゃなかった。もはや大気の衝撃だ。天地の感覚を失い、倒れ込む者が目立った。

「どうした？　怖がることはないぞ。竜は人を喰わん。小さすぎるからな！」

あんまり慰めにならないことを、ニーナ氏は胸を張って言う。

「なにしろ我ら人間は、竜にとってはありんこ同然だ。うっかり踏み潰すことはあってもわざわざ危害は加えんのだよ。むしろ、竜は人間好きだ。こちらの言語を解するほどだ！　ただし発声は出来んぞ。口の構造が根本から異なるからな」

よって、人間側も努力して、竜の言葉を理解するのだという。

「竜の訴えを把握、即ち〈傾聴〉するには特殊な技術が要る。ただ竜の言葉を解するだけでは足らん。時間の感覚が違いすぎるのだ。お前たちも爺さんの長話に付き合った経験はあるだろう？　だが人間のじじいはせいぜい百年――

こちらはウン千年だ！」

ニーナ氏は高らかに言って、竜を指す。ちょっとお待ちを。今、竜を『じじい』と呼びませんでしたか。それは『無礼』の類に入らないのですか。

「今回なぞ『咽喉が痛い』という訴えを聞き出すまで、日が暮れるどころか年が暮れた」

ここで、ふうーっ、と長いため息が挟まれた。

「我々医師団としてはその数か月前から、夜間の咳嗽に気づいていたのだが」

ガイソウ？　小首を傾げると、レオニートが「咳のことです」と囁いた。

「こちらが親身になって訊いても、のらりくらりと。聞き出してからは、検査は嫌いだとごねにごねた。この図体で『注射はイヤ』というのだ！　だが無理矢理検体を採取するわけにもいかん。暴れられてはこちらの命がない。納得してもらわねばならんのだ」

そうこうするうち症状が悪化し、いよいよ辛抱《しんぼう》できなくなったか、竜は検査に同意したそうだ。咳が出てから、ゆうに半年だったという。うん長い。

「悪化というと、何か新たな症状が出現したのですか」

レオニートがさらりと訊いた。挙手なく発言しても、咎《とが》められるとは微塵も思わない、この優雅なる不遜ぶり。

「そうだ」実際咎めもせず、ニーナ氏は答えた。「いわゆる『呼吸苦』だ。就寝すると、激しく咳き込み、呼吸が苦しいと訴え出した」

そのためこのところ、よく寝られていないという。

寝そべると咳が出て、息ができない。想像するだに辛い。巨大すぎて分からなかったが、そんなに弱っていたとは。気の毒になって見上げれば、竜は首を折り曲げて俯《うつむ》いていた。なんだか萎《しお》れて見える。

「というわけで本日は、その投薬をお前たちに見学してもらう。とはいえ、牛の丸焼きに詰めた薬剤を竜の前に運ぶだけだ。物足らんだろうし、なんなら参加してもらおうと私は思ったのだがな。団長に止められた。すまんな」

入団前に事故があったら困ると言うのだ、と氏は付け加えた。それは、入団後なら事故ありきということでしょうか。少なくとも受験生らはそう受け取ったらしく、悲壮なほど静まり返っている。

〈竜ノ医師団〉がこれほど大変な職場とは。これは決心の揺らぐやつも出そうだ。他人事ながら心配になり、ちらりとレオニートを窺えば、彼は力強く頷いてきた。なんだか逆に励まされたふうだ。

悪いな坊ちゃん、おれは入団できないんだ。

「お、投薬班が出てきたな」

ニーナ氏がもっと手前に来いと勧める。おれとレオニートは従ったが、竜に近づくのと同義なので、すぐに動けた者は少なかった。おおよそ半数は見晴台の奥に留まり、残りはめいめい好きなように並んで、見晴台の手すりから地上を望んだ。

おれたちのいる〈赤ノ津波〉の巨岩は、すり鉢状の盆地《カルデラ》の縁を成していた。竜を入れてあまりある広大な窪地。その底で黒い粒々が見える。人影だ。

竜にとって人は蟻《あり》程度と言われたが、竜の頭と同じ高さから見て、これはと納得する。潰さないよう気を配るのはひと苦労だろう。なるほど、竜は確かに、人間が好きなのだ。

『ディドウス、ディドウス』

拡声器の声が入った。〈団長〉のものだ。ライ麦畑のような、かぐわしい声だった。

『お薬の時間ですよ。さぁ首を下げて』

耳心地の良い、けれども不思議なお声だ。なんとも柔らかく、下手な怒鳴り声より耳に訴える。

「団長は〈主治医〉、竜に指示できる数少ない医師だ」

解説するニーナ氏は誇らしげだ。

「竜は自分にすこぶる正直なうえ、痛いのや苦いのは大嫌いでな。都合の悪いことは大概聞き流す。そこをしっかりと管理するのが、主治医の腕の見せどころなのだ」

子供のお守りみたいだ。という感想は胸に納め、おれは見学に励んだ。

これほど明朗に語りかけられると、竜も無視しがたいらしい。しばらくそっぽを向いていたが、やがて頭を下げ始めた。見晴台の正面で、長い首がゆっくりと曲げられていく。

うろこが連なり動くさまは、まるで地殻変動のよう。圧倒されて見入っていると。

目端に、ぴりりと光が奔った。

凝視しすぎたか。目をこするも、光は消えない。警告するように点滅しながら、じわりじわりと竜の体内をせり上がってくる。

おれはこめかみに手を当てた。

「リョウ?」

異変に気づいたか、レオニートが囁いてきた。けれど返事は後だ。手ぶりで坊ちゃんを黙らせると、おれは目に力を込めた。

竜の首をじっくり観察する。やはり、首もとの辺りだ。竜の巨軀の中で、それは蠢《うごめ》いていた。靄のようなものが、巨竜の首をせり上がっていく。

「――何か見えるのですね」レオニートが訊く。「悪いものですか?」

「……分からん」正直におれは答えた。「だが嫌な感じだ」

ニーナ氏に告げるべきだろうか。でもなんと言って? レオニートの話しぶりからしておれ以外のやつには見えていないのだ。竜の中に靄が見えて気味が悪いです。そう話そうものなら、気味悪がられるのはおれだ。

止めておこう。おれが結論を出すより、一瞬早く。

「ニーナ先生！」

レオニートが声を上げた。

「異様なものが見えると、彼が言っています！」

時すでに遅し。受験生たちはどよめき出した。中にはおれを指差して笑うやつもいる。ぶしつけな人間は概して、声が大きいものだ。

「〈ヤポネの神秘〉ってやつ？」

「〈妄言者《ルオーシュ》〉でしょ」

途端、笑いが起きた。

誰一人まともに受け取らなかった様子。良かった、とおれは胸を撫でおろした。不気味がられると厄介だが、笑われる分には害がない。取るに足らぬと忘れてくれるからだ。

ところが、これに腹を立てた者がいた。

「彼の力は本物ですよ」

レオニートが堂々と言い放つ。にやけた連中は皆、呆気にとられた様子で押し黙った。

信じたというより、こいつも危ない男かと思われたふうだが、当人は涼しい顔だ。首都港での一件以来、こいつはすっかりおれの〈神秘〉とやらを信じている。

そこにもう一人、おれの言葉に耳を傾ける者がいた。

「お前か、ヤポネの」

ニーナ氏だ。

「何が見えるって？」

氏は意外や興味津々なふうに歩み寄ると、示せと顎をしゃくった。

正直、苦手な御仁だ。言うなり笑い飛ばされそう。ごまかそう、とも思ったが、黙って待つ氏の姿に考えを改める。大勢の前で発言を求められたのは、人生で初めてだ。

ありがたいことじゃないか、リョウ・リュウ・ジ。

「何かは、分かりませんが」

おれは竜の胴体を指した。声が震えたのは無視する。

「もやもやしたものが、竜の腹のところから首へと、せり上がっているような――」

うん、なんて曖昧《あいまい》な言いよう。自分で聞いても大変うさん臭い。言わなきゃよかったと後悔した、その瞬間。

がしゃんと派手な音を立てて、ニーナ氏が手すりから身を乗り出した。

『投薬班！　ただちに〈退避〉せよ！』

真紅の髪を振り乱し、氏は無線機を手にして怒鳴る。

『〈竜ノ息吹〉だ！』

途端、地上が動き出した。黒胡麻のような人影が、一斉に竜から離れ始める。窪地中にこだまする、「退避！」「退避！」の号令。

その時、竜がぴたりと止まった。と思えば、薬を呑むべく下げられていた頭が、空へと上がり始めた。巨大な口が開かれ、遠くでは大きな腹がぐぅーっとへこんでいく。

「不味い！」

ニーナ氏が飛びすさった。

「ただちに〈装着〉、のち〈退避〉せよ！」

命じるなり、氏も素早く防具を被った。防具と言えるかは疑問だが。大角鹿の頭蓋骨を真っ赤に塗って、たてがみのような羽根飾りをつけた珍妙な被りものだ。確か〈シシ面〉という古い祭りの道具じゃなかったかしら。などと思い出す暇も与えず、氏は羽根飾りを振り乱し、見晴台の後方へと走っていってしまう。

おれたち受験生はといえば、氏に倣うほかない。自分たちの、こちらは至極まっとうな仮面を被り、駆け足をする。透明板越しに背後を窺えば、ちょうど見晴台の高さで、巨竜の紅い咽喉が露《あら》わになっていた。

「〈伏せ〉！」

氏が叫んだ。けれどもそれより早く、全員が直感で察した。危険、危険、危険。本能がそう叫んでいたが、どれほどの者がこの先を予想していただろう。

自分たちが、火焔《かえん》に――

文字通りの炎に、巻かれるだなんて。

視界が紅蓮に染まる。目の前で、渦巻く炎が水の如く七変化する。さながら真紅の海に投げ込まれたよう。罪人を永遠に焼くという、地獄《ゲヘナ》の火もかくあらん。

この業火に巻かれて、おれは死ぬのだ。

そう確信したが、幸いにも、それは一瞬のことだった。熱を感じる暇も、眩しさに瞼を閉じるまでもなく、全ては掻き消えた。再び強風が吹き、炎を空へ散らしたのだ。ともに連れていかれないよう、地に這いつくばって耐える。

大気に平穏が戻った頃、シシの仮面の人がのっそりと立ち上がった。

「やれやれ、おおごとにならんで良かった」

火焔そっくりの髪を掻き上げ、ニーナ氏が呵々大笑《かかたいしょう》する。そんな彼女に続く者はいない。見晴台はしぃんと静まり、誰しもが地面に伏して、立ち上がろうとしない。防具を被っているから視線も合わないが、皆が同じことを考えているだろうと、おれは確信した。

――これが『おおごと』でないのなら。

――ここではいったい、何が『おおごと』なんでしょう?

考え直せ、坊ちゃん。オパロフに帰った方が身のためだ。忠告しようと防具を外して、おれはやっと気づいた。

巨竜の満月の瞳が、真上にあることを。

我らが竜〈お爺さん《ディドゥス》〉。彼は高みから首を折り曲げ、見晴台をしきりに覗き込んでいた。

それはあたかも、おれたちの無事を確かめているようだった。

数千年を生きる彼にとって、虫けらも同然の、ちっぽけな人間たちを。


「うへぇ」

〈竜医大〉の大会堂に一歩入って、おれは声を漏らした。

「こりゃまた減ったなあ」

これにレオニートが「本当ですね」と頷いた。

試験の時には、大会堂を埋め尽くしていた受験生たち。それがごっそりと欠けていた。

残ったのはせいぜい、二割弱か。ここまでとはと驚く反面、まぁそうだろうなとも思う。

竜の面談から今日まで三日。寮ではひっきりなしに、荷を抱えて出ていく受験生たちを見かけたものだった。行先なんて聞かずとも知れた。彼らはただ選んだのだ。安全な故郷での、平穏なる人生を。

今日この日、うららかな午後の昼下がり。

ここ大会堂で、入団の合否が申し渡される。

『それまで、自らをよぉく見つめ直すのだな』

ニーナ氏が言ったものだった。

『残った者は、入団の意思ありとみなす。〈竜ノ医療〉に殉ずる覚悟はあるか？　今から尻込みするやつは、まぁ悪いことは言わん。止めておけ』

恥じることはない。人には向き不向きがあるのだと氏は言ったが、ほとんどの受験生は言われるまでもなく心を決めていただろう。

「実に鮮烈でしたからね」

手近の席につきつつ、レオニートはしみじみ言った。

「あの〈竜ノ息吹〉は」

「げっぷな」

おれの言葉に、坊ちゃんが恥じらった。

いやだって本当のことだろ。ニーナ科長も言ったじゃないか。あの爆風と火焔は、竜のげっぷが為せる業だと。

『〈胃食道逆流症《ジョービツニ・リフルクス》〉という病名を知っているか？　え？』

三日前の、巨竜の爆炎騒ぎの直後、意気揚々とニーナ氏は説いたものだった。

『食べ過ぎや空腹で、胸やけを起こすアレだ。簡単に言うとだな、胃袋が緩んで、胃酸が食道側に逆流するのだよ。単純明快だろう？』

老竜が現在罹《かか》っているのが、その〈胃食道逆流症〉だと氏は言った。

『いや、待ってくださいよ』

おれは声を上げたものだった。もはや遠慮などなかった。炎に巻かれるだなんて究極の経験をしたら、大概のことは恐ろしくなくなるものだ。

『ディドウスが訴えていたのは、咳と咽喉の痛み、それから息苦しさでしょ？　胃と全然関係ないじゃないですか！』

『青いな、小僧』ニーナ氏が指を振ってたしなめた。『だから素人は困るのだよ。咽喉が痛いから咽喉が悪い、そういう短絡なものではないのだ』

実際、医師団が診察したところ、咽喉にも肺にも異常はなかったという。

『ここからが診断の腕の見せどころだ。爺さんの訴えをよぉく思い出せ。どんな時に咳が出ると言っていた？

就寝時だ。もっと言うなら、頭を下げた時に限って悪化する』

氏は自らの赤い手を竜の頭に見立て、ゆっくりと上げ下げした。

『つまりここに上下運動という力学が絡むのだ。さて低いところに集まる物体と言えば？水、即ち液体だな。腹の中の液体と言えば？

そう、胃液だよ』

〈胃食道逆流症〉はいわゆる胸やけを訴える場合が多いが、咽喉まで胃液が達した場合、咽喉の痛みや咳として出現するという。

『じゃあ、息苦しさは？』

『逆流が増えて咳がひどくなれば、呼吸も苦しくなるだろうよ。だから早く診せろとさんざん言ったのだ！』

全く声を落とす気のない医師の、背後へと目を移せば。老竜があらぬ方向を向いていた。心なしか肩を落として殊勝ぶっている様子だった。だがかくしてその正体は、注射嫌いが高じて胸やけをこじらせたお爺さんであった。

『――じゃあ』ここで初めて、おれは尋ねた。『さっきの〈竜ノ息吹〉って』

『げっぷだな』

答えはさらりとしたものだった。

『〈胃食道逆流症〉では胃袋の口が緩むのだ。当然げっぷも増える。問題は、竜の胃袋は特殊な細菌を飼っていてだな。これが高濃度の沼気《メタン》を発生させるのだよ』

それがうっかり吐き出され、何かの拍子に着火すると、あのような顛末《てんまつ》になるという。

つまり、おれが見たのも、胃の中で渦巻くメタンだったのだ。

そして、げっぷで死にかけたのだ。

『あまり責めてやるなよ。爺さんとて出したくて出しているわけではないのだ。げっぷの辛抱が難しいことぐらい、お前たちにも分かるだろう？　ようは、着火する前にメタンが薄まれば良いのだ。今日はそう上手く運ばなかったがな！』

火焔直後の強風は、老竜が翼をそっと揺らし、メタンを散らしたものらしい。竜なりに人を気遣っているのだ。そう思うと可愛げがあるような。

『いや、それなら、もっと早く治療を受けて欲しいです』

『良いことを言う、ヤポネの！』

もっと言ってやれと煽《あお》りながら、ニーナ氏はずかずか近づいてきた。何かと思いきや、ぐいっとおれの襟首を摑んできた。

ひゃあ、と変な声をおれは漏らした。真っ赤な手が、ぶしつけに防火服の中に突っ込まれたのだ。硬直するおれをよそに、氏はずるりと腕を抜き出した。その手に握られていたのは、名札だった。

『ふむ、リョウ・リュウ・ジか』

『名前が知りたいなら訊いてくださいよ！』

名札を取り返して、おれは叫んだ。

『ヤポネ人の名は聞き慣れんからな。文字を見た方が覚えやすいのだ』

氏は悪びれるどころか、おれの両肩をがっしりと摑んできた。

『よし、リョウ！　お前は面白そうだ。入団のあかつきには、私の研究室に入れ！』

可愛がってやる。満面の笑みで告げられ、おれは実験台の鼠の心地になった。

『遠慮いたします！』

そうして赤い手を振り払い、怖気をふるって逃げ出してから、早や三日が経つ。

しかし改めて考えてみれば、御遠慮申し上げるまでもなかった。何故ならおれは、名前だけの白紙解答をした男である。合格しているわけがないのだから、ニーナ氏の餌食にもなれないのだ。いやあ残念だ！

そんなおれが何故、ここ大会堂へと、結果を聞きに来たかって？

だって記念だもの！　不合格だって、挑戦しなきゃ手に入らない称号だからな。おれは貰えるモンは貰う主義なのだ。

イリエーナ院長も、常々仰っていた。結末を見届けなさい。最後まで対峙した者にこそ道は開ける、とね。おれは義理堅いから、恩人の教えは守るのだ。

その時が近づくにつれて、大会堂は自然と静まった。皆が厳かに試験官の到着を待つ。ほどなく、かつかつという靴音が聞こえた。

おれはぴんと背筋を伸ばした。だが直後に、凍りついた。

靴音が多い。それにこの荒々しさ。がちゃがちゃという無粋な音が奥に混ざる。これは医師団じゃない。勲章と銃の揺れる音だ。即ち。

憲兵だ！

おれが飛び上がった時、大会堂の扉が開け放たれた。

「リョウ・リュウ・ジはどこだ！　この無軌道者《イナヴアリツ》めが！」

どよめきを吹き飛ばし、先頭の憲兵が呼ばわる。その手が高々と掲げるは、国花《ロマシカ》の印が押された令状。

「〈国民保護法〉と〈国民略取誘拐罪〉の疑いで、逮捕する！」

なんか罪状が増えた！

待ってください。略取誘拐って、まさかこのレオニート坊ちゃんの件ですか？　冤罪《えんざい》も甚だしい。首都港の職員をきちんと聴取してください。こいつは自ら飛空船に飛び込んだのであって、道連れにされたのはおれの方だ。

その飛空船まで連れていったのは、おれだけども。

とはいえ、釈明させてくださる相手ではない。逃げねばと踵を返し、おれは絶望した。大会堂の入り口は全て押さえられたところだった。

これぞ後悔先に立たず。〈竜ノ巣〉には追ってこまいとすっかり油断して、このざまだ。わざわざ越境手続きまでするとは。たかがヤポネ一人に、たいした執念よ。

いや、もはや一人ではないのか。家出息子を穏便に呼び戻したいオパロフ家が、全てをヤポネの無軌道者のせいにしたか。ちらりとそんな考えがよぎったが、別れ際に恨み言を垂れるほど、格好悪い真似もない。

代わりにおれはへらりと笑って、レオニートに向き直った。

「じゃあな、坊ちゃん」

さっと手を振ってみせる。

「楽しかったぜ」

だが肝心の坊ちゃんは、おれを見ていなかった。凛然《りんぜん》と立ち上がり、憲兵を見据える。おれを背に庇《かば》う立ち姿は、騎士さながらだった。

「控えなさい！」張りのある美声が、憲兵らを一喝した。「彼は本日をもって〈竜ノ医師団〉に入団しました。カランバス国憲法第五十条及び七十五条より、団員には〈不逮捕特権〉が適用されます。その令状はもはや無効です！」

おい待て坊ちゃん！　入団した？　何を勝手に堂々と宣言してくれる。憲法まですらすら暗唱するお前にゃあ分からんだろうがな、ペンを持ったら誰でも合格すると思うなよ！

と即座に罵《ののし》ることが出来たなら、傷はまだ浅かったかもしれない。しかしレオニートの威風堂々たる奇行に、おれも場も吞まれてしまった。憲兵らの顔が悔しさに、ビーツ豆のスープのように赤く染まり行く。

——すみません、皆さま。おれ、受かっていないんです。

そう言いたくとも言えなかった。みんなレオニート坊の言葉を真に受けている様子だ。憲兵すら歯ぎしりをして動かない。

もしや、このまま逃げ切れるか。あらぬ保身が働いた。嘘でも誤解でも、縋れるものに縋るのが罪人の常である。

けれどもすぐ、おれは自らを笑った。それは駄目だ。この坊ちゃんが捕まってしまう。罪状は指名手配犯の逃亡幇助といったところか。なかなか重い響きだ。

おれはどん、とみぞおちを叩いた。腹をくくれ、リョウ・リュウ・ジ。

冒険は終わりだ。楽しかった。充分以上だった。初めての空の旅。〈竜ノ巣〉の大地を踏み、〈竜医大〉の中に入り、紙の上に己の名を刻んだ。ほんの数日の学生生活。最初で最後の竜との邂逅《かいこう》。

レオニートとの出会い。

悔いはない。名残惜しいだけだ。さあ、もとの世界に戻ろう。このみっともなく震える膝に、ぐっと力を込めるんだ。

足を踏み出そうとした時だった。

「なんだ、なんだ」

ふてぶてしい女性の声に、かくりと膝が崩れた。

「今年の春はまた、でかい虫が湧いたな」

ニーナ氏だった。

入り口を塞ぐ男たちを、しっしっと手で払う。そんな大胆不敵な〈赤ノ人〉に、憲兵は一瞬怯んだ素振りを見せた。けれどもめげずに、逮捕状を差し出す。

「あぁ？　リョウ・リュウ・ジだと？」

氏は如何にも面倒くさそうに、大会堂を見渡した。

そこにレオニートがだしぬけに、おれの肩を抱えこんだ。しかもそのまま、するすると階段会場を下り、ニーナ氏の前に至る。

「ニーナ科長。彼はこの通り、ここにいます」

ぐい、とレオニートがおれを突き出した。氏がうむと頷く。待ってくれ。おれはもしや今から引き渡されるのだろうか。よりによって、レオニートの手によって？

混乱するおれをよそに。

「残念だったな、憲兵」

ニーナ氏がにぃっと満面の笑みを浮かべた。

「御覧の通りだ。こいつは入団した」

何を御覧になったのでしょう？

いよいよおかしい。青臭い坊ちゃんはいざ知らず、ニーナ氏がおれを庇う理由がどこにある？　これ以上、おれに同情という重荷を垂れないでくれ！

「違います！」

レオニートの手を振り払い、おれは叫んだ。

「おれは、受かってないんです！」

甲高い告白が、会場にこだまする。最後の一音が消えた頃、おれはほっと息をついた。言えた。自分から、正々堂々と。後は、粛々と運命を受け入れるのみだ。

ところが安堵は長続きしなかった。背後からいきなり、摑みかかられる。

「何故ですか、リョウ！」

狼藉者はおれをぐるりと半回転させると、がくがくと揺さぶってきた。

「何故、辞退するのです。ディドウスを前にして、全く怯まなかった貴男が！　あれほど懸命に、この地に辿り着こうとしていたのに――」

「辞退も何もあるか！」

半ば宙に持ち上げられ、おれはやけっぱちになって足をばたつかせた。

「おれは試験に一問も解答していないんだ！　受かるわけがねぇだろう！」

だから放しやがれ、この野郎。そう罵る前に、やつはおれを床に下ろした。勢いを削がれて仰ぎ見れば、恐ろしく整った顔が、きょとんと傾げられていた。

「でも、リョウ」青金の睫毛が瞬く。「竜の面談に参列していましたよね」

「そりゃあ」おれも瞬き返した。「させてもらえたからな」

「では、筆記試験は棄権していない」

「名前だけ書いて、――出した、けど」

あ。しまった。憲兵の前で、文字を書いたって自供しちまった。

悪手に気づいたものの、冷や汗を掻くより先に、憲兵が動いた。ロマシカの輝く令状をぐしゃりと握りつぶして、宙を仰ぐ。如何にも悔しそうな素振りに、おれは居心地の悪さすら覚えた。何が起こっているのでしょうか。

「お前、もしかして」

怪訝《けげん》そうに顰《ひそ》められていた、ニーナ氏の赤い眉。それが、ぴんと撥《は》ねた。

「入団条件を知らんのじゃないか？」

沈黙。それが、おれの答えだった。

「本当ですか、リョウ？　知らないまま、ここに？」

レオニートの心底驚いた言いように、おれはもじもじと手遊びした。

だって、知るまでもないと思ったのですもの。どうせ受からないからと。

「……どんな、条件、でしょうか」

恥を忍んで訊く。レオニートが固まり、憲兵は頭を抱え、ニーナ氏は吹き出した。

「知らずに、合格を勝ち取るヤツが出るとはな！」

背骨が折れそうなほど反り返り、氏は失笑する。

「お前はな、今日この大会堂に足を踏み入れた時点で、入団が確定したのだよ。何故なら医師団の入団条件はただ一つ。医師団の心得『対峙せよ、されば開かれん』と同じだ。竜に対峙できるか、否か——それのみなのだ！」

遠くで、遠雷が鳴った。

いや、これはディドウスの咆哮か。

我らの老竜の一声に、全身を打たれた時に似て。いやそれ以上の衝撃を受けて、おれは立っているのも危うくなった。ふらつくおれの背を、レオニートが支える。

「でも！」

倒れきる前に踏み留まり、おれは叫んだ。

「それなら、なんのための筆記試験なんですか？」

「借金の免除だ」

あっさりと答えが返った。

待って。今、恐ろしい言葉が聞こえた気が。

「正確には、学費の免除だな」燃ゆる炎の髪を揺らし、氏は説く。「お前の受けた試験は、入学の合否を決める試験ではない。入学後の教育課程を決める試験だ。優秀な成績なら、それに応じて、講義の免除や飛び級が許される。入学後も、飛び級試験の機会はたびたびあるが、入学時の試験は最大の勝負どころなのだよ」

おれは口をぱくぱくさせた。待って。つまり、試験を受けた時点で、入学が見込まれていたってこと？

「そうだ」氏はこともなげに言う。「ディドウスとの対面で、不適格とならん限りな」

「そんなの、誰でも入れるじゃないですか！」

「そんなことはない！　竜に対峙できる者自体が貴重なのだよ。ゆえに読み書きさえ出来れば、どんなに知識が無かろうと、いちから育てるつもりで迎え入れるのだ。

――ただし」

氏がぴんと指先をおれの鼻面に突きつけた。〈赤ノ民〉の手は裏だけ塩のように白いと、この時初めて知る。

「ただしだ。学費はべらぼうに高い！」

しかもその額面には、教科書代や諸経費は含まれない。単位を落として再受講、ははては留年ともなれば、金額はさらに膨《ふく》れ上がるという。

「これを自費で賄える者は極わずかでな。大概の学生は、奨学金を貰って入学するのだ。卒業まで四年。医師になりたいなら、さらに四年。どの職種に進むかは、卒業時の成績と希望次第だが、仮に医師になるとして、八年分の講義を受ければ、奨学金の返済を終えるまでに、四半世紀はかかる！

卒業時には、医師団の奴隷の出来上がりだ。あまりに非道なので、成績如何では講義の免除や飛び級が許されるようになったのだよ」

ちなみにかつては、竜の面談を経てから筆記試験に進んだとのことだ。しかし、動揺のあまり実力を出せない者が続出した。竜に慣れている〈竜ノ巣〉出身者と比べて公平性を欠くと、近年このような形になったらしい。

学費免除の権利は死活問題なのだと、その措置一つが如実に物語っていた。

「そこに来て、お前の白紙解答だ」

ニーナ氏がぐいとおれの顔を覗き込んだ。

「全くの純潔な白紙！　教官たちも頭を抱えていたぞ。いちから育てるといっても、ここまでまっさらなヤツが入団した例しはなかったからな。まずは補習の嵐だろうな。当然、学費も別料金だ」

いったい総額幾らになるのでしょう。恐怖するおれに、ニーナ氏は残酷に告げる。

「最も高給の医師になったとしても、一生借金漬けだろうな。なあに小僧、恐れることはない！　医師は最も殉職が多い職種だ。死ねば、借金も帳消しだ。悔いなきよう、心ゆくまで学ぶがいい！」

救いのない助言に泡を吹く。そんなおれを捨て置き、氏は憲兵へと向き直った。

「そんなわけだ。一日遅かったな。まあ堪えることだ。憲兵ごときが医師団の団員に手を出したとなれば、一大事だぞ。なあ？　団長」

氏に応えたのは、全ての雑音を包み込むような声だった。

「その通りです」

ライ麦の香を漂わせ、現れたのは焦げ茶色の肌の女性だった。ぽってりとした厚い唇、ふくよかな身体に、焼き立てのパンを思い出す。〈太陽ノ民〉と称されるのにふさわしい容貌の女性は、医師団長マシャワと名乗った。

「憲法はもちろん、〈竜ノ医療〉における独立性の保障は、国際法にも明記されています。竜の疾病は全世界の関心ごと。げっぷ一つでも、時に大災害に繋がりますからね」

「実際あった話だぞ」

ニーナ氏はおれとレオニートに向かって講釈を垂れる。

「〈竜ノ息吹〉による大規模な火災が発生し、穀倉地帯の三割が焼け落ちたのだ。五十年余り前の、南大国《ガナラージャ》でのことだ。団長のお国だな」

「ちょうど国境を跨いでいたので、後処理が大変だったようですよ」

団長マシャワはおっとりと言う。例えば井戸端で、子供がやんちゃで困ると立ち話する、なごやかさ。現実は揉めに揉めたことだろう。戦争が勃発しかねない。

「わずかな手違いで、国が傾く。それが〈竜ノ医療〉です」

物騒なことを、団長は穏やかに諭《さと》した。

「時の政権や一時の世情に、左右されてはなりません。そのため〈竜ノ医師団〉は国家の権威の外にあるのですよ」

分かりましたか、新団員の皆さん、と団長は大会堂を見渡した。「了解《ターク》」という返事が、方々から上がる。おれも思わず手を掲げて「ターク」と答えた。

「貴男がリョウ・リュウ・ジですね」

まんまるの黒パンのように豊かな頰がほころんだ。

「残ってくれて何よりです。今年は特に入団者が少ない」

「ディドウスが〈竜ノ息吹〉を吐いてしまったからなぁ」

やれやれと肩をすくめるニーナ氏に、団長がぽつりと呟く。

「貴女を受験生の引率役にしたのが、一番の失敗でした」

「げっぷは私のせいではないぞ？」

「貴女の奇行のことを言っているのですよ」

「何を言う！」

ニーナ氏の胸が堂々と反り返る。

「あの天災そのものの爺さんの面倒を見ようというのだ。医師団にはおのずと他に行き場のない者たちが集まってくる。私の奇行なぞ可愛いものよ。むしろ私ごときで怯む輩は、早めに去った方が互いのためというもの！」

あまりにも清々しく言い放ち、氏はおれたちに向き直った。

「そこへ行くと、お前は見どころがあるぞ、リョウ・リュウ・ジ。今日からお前は、私の研究室に入るのだからな！」

泡を吹いている場合ではないことを、おれは悟った。

「そんなこと、誰がいつ申し出ましたか？」

「私が、ついさっきだ」

ニーナ氏が大会堂の外を指差した。どうやら事務所があるらしい。

「代わりに申請してきてやったぞ。感謝しろ」

「撤回します！」

「無駄だな。他に受け入れ先がない」

口角を上げ、呪術師さながらの笑みをニーナ氏は浮かべた。

「私が潰した！　まあもともと白紙解答での入団者だ。奇人は奇人同士で固まれば良いと他の教官も思っているに違いない」

「奇人という病識があるなら、矯正もしていただけると助かります」

団長がニーナ氏の背後で零《こぼ》す。意外に冷ややかな声も出しなさるようだ。

「何故だ。私は何も困っていない！」氏は元気に拒んだ。「むしろ気分は爽快だ。たとえ国産でも、ヤポネ人が手に入ったのだから。彼らの目には以前から興味があった！」

気づけば、おれの頭はがっしりと氏の手に摑まれていた。おいレオニート！　騎士道を発揮するところだろう。なんで顔を輝かせてやがる。

「もしやニーナ科長」期待に瞳を濃紫に輝かせ、レオニートが問うた。「〈ヤポネの神秘〉には、根拠があるのですか？」

「そうだ！」わしわしとおれの頭を掻き交ぜて、氏は答えた。「ヤポネ人の目は、我らのそれより可視領域が広いという。一説には、紫外線や赤外線を見ているとか。ゆえに我らには察知できぬ異変を感じ取れるのだよ」

壁越しに人を見たり、竜の腹に渦巻く気体を察したり。ヤポネが不気味と言われてきた原因に、医学上の裏付けがあると知り、おれは仰天した。

「やはり、貴男は『本物』だったのですね！」

レオニートは純真に喜んでいる。

「あぁ。竜の体内をも透視しうる目だ」ニーナ氏は頷く。「励めよ、少年。ヤポネ人には名医が多い。学びようによっては、良き医療者になるだろう！」

新入生には過ぎた激励だ。しかし言葉より、ニーナ氏の舌なめずりの方が強烈だった。

実験台のはつかねずみになった気がして、おれは儚《はかな》い悲鳴を上げたのだった。

「寮の部屋はそのまま使って良いそうですね」

大会堂から戻ると、レオニートは早々に窓際の椅子に身を沈めた。昼下がりの光を背にすれば、『午後のまどろみ』とでも表すべき、理想の絵図が出来上がる。

「例年より新入生が少なく、空きの部屋も出たようですが、リョウはどうされますか」

「うん」

レオニートの言葉が、おれの耳を右から左へとすり抜ける。聞き心地の良さが災いし、考え事をしていると、さっぱり意識に残らない。

――入学しちまった。

おれの頭を占めるのは、その一言だ。

竜に対面できれば誰でも合格。知らなかったのはおれただ独り。今までのおれの覚悟と悲哀のやり場やいずこ。

いいえ、むしろ覚悟が追いつきません。この先の人生、死ぬまで借金地獄とは。持たざるヤポネ人には借金の心配だけはなかった。明日をも知れぬ危うさと、身の軽さは紙一重と知る。

恐怖と喜びが紙一重とも。

「その様子では、本当にご存じなかったのですね」

レオニートは感服しきりだ。

「それでよくぞ道を違わず、合格を勝ち取られたものです」

まったくだよ。おれは呆然と頷く。解答用紙に名前を書いたことも、竜に会いに行ったことも、最終日に大会堂へ顔を出したのも、ほんの気まぐれだった。わずかでも何か掛け違えていたなら、おれは今頃、手錠つきで連行されていた。

助かったのだ。偶然に偶然が重なって。その幸運がどうにも呑み込めず、おれは会堂を出ていく団長マシャワを追いかけたものだった。

『本当にいいんですか。おれなんかが入って』

何も出来ないのに。何も学んでこなかったのに。混乱して埒《らち》もなく詰め寄る新入生に、団長は温かく笑んだ。

『何も出来ず、何も学ばぬ者は、竜のもとには辿り着きませんよ、リョウ・リュウ・ジ』

ライ麦パンの手が、おれの肩に置かれた。

『〈対峙せよ、されば開かれん〉……閉ざされた扉をこじ開けるようにして、この地まで旅をし、禁忌とされる己の名を公に刻み、巨竜の前でも怯まずに目を開き続け、最後まで己の限界に向き合い続けた。それが貴男の為したことです』

医師団は他に誰を求むるでしょうと、医師団長は囁く。

『貴男のような若者を、カランバスは欲しています』

ありがたい言葉に、おれは首を横に振った。恐れ多く、またとても信じられなかった。

だってカランバスはあんなにもヤポネを嫌っている。

『貴男はヤポネですが、ヤポネは貴男ではありませんよ』謎めいたことを団長は仰った。

『また私が言ったのは、カランバスという国ではなく、大地のことです。ご存じですか、リョウ。この国に、竜が何頭いるのかを』

おれは目を瞬いた。答えは明白だ。

『ディドウス一頭でしょう？』

何故なら、〈竜ノ巣〉といえば、この地のみを指すからだ。

『本当は何頭もいるものなんですか？』

『えぇ』団長は深い笑みを浮かべた。『他国には何頭もいるのです。巣を構えて定住するものもいれば、病の時だけに降りてくるものもいる。例えばイヅルの国には毎年たくさんの竜が降りては静養し、また天に還るのですよ』

自国にやってくる何頭もの竜を診ながら、医師たちは腕を磨いていくという。

『ところが、我が国にはディドウス一頭。長らく他の竜は来ていません。彼は世界最古、かつ最大の竜ですから、雨を呼ぶ力も強く、彼の〈巣〉の周りはとても豊かです。

でも、彼から遠く離れた地は、どうでしょう?』

おれは故郷を思い浮かべた。思い浮かべるまでもなかった。

雪と氷に閉ざされた、あの永久凍土。上流の町が使い古した燃料の、煤をも掻き集めて暮らす人々。

『竜あるところに豊穣あり』

団長は謡うように囁いた。

『竜のふもとにこそ、人は栄えるものです。ディドウスしかいないカランバスは、斜陽にあると言えましょう。我ら医師団も、それは同じこと。我々はなんとかして、この現状を打破したいのですよ。

貴男が今日、固く閉ざされた扉を打ち破ったようにね』

優しく肩を叩かれ、おれは俯いた。顔が熱く火照ると同時に、どうにも気まずかった。褒められるのは不慣れだ。罵倒や嘲りと違って、受け流すわけにもいかないから。

第一、おれの幸運はやっぱり偶然の産物。たいした力も知恵もないのに。

『どうしても自分が信じられないのなら、リョウ・リュウ・ジ』団長は柔らかに微笑む。

『貴男をそのように育てたお方のことを信じなさい』

思い当たりませんか。そう問いかけられるまでもなく。

おれの脳裏に浮かんだのは、イリェーナ院長先生だった。

あの一分の隙も無いひっつめ髪。懐かしい灰色のお仕着せ。黒縁眼鏡の奥の、厳しくも優しい眼差し。

『お手紙を』

震える声で、おれは呟いた。

『お手紙を出しても、良いでしょうか』

『存分にお書きなさい』

〈太陽ノ民〉は全てを赦すように頷いた。

『医師団からの手紙なら、たとえ差出人がヤポネの民でも、お相手が罪に問われることはありません。きっと喜ばれることでしょう』

どうかしら。常に笑んでいる団長と違って、イリェーナ先生の笑顔は見たことがない。きっと今頃も、眉をぎゅっと顰めてなさる。頭が痛いと、こめかみを押さえていなさるに違いない。おれから手紙を受け取れば、倒れてしまうのじゃないかしら。

でも必ず、読んでくださる。

寮の備え付けの、古びた机。その上にペンと便箋を並べる。なけなしの持ち金で求めたものだ。売店では心臓が破裂しそうに緊張したけれども、『誰が使うのだ』と詰問されることもなく、すんなり品物を渡された。

書いていいのだ。好きなことを、好きなだけ。

けれども哀しいかな、これはおれにとって初めての手紙。出だしから躓いた。どういうふうに書き始めるのだっけ。どんな順で進めたら良いのかしら。

さんざん頭を抱えたあげく、おれは結局、白旗を上げた。

「なあ、レオ」

窓際の青年が、弾かれたようにこちらを向いた。変なこと言ったかな、おれ。これから言うところなんだけど。

「大恩人への手紙って、どう書けばいい？」

悩んでいると口下手になる。言葉足らずの自覚はあったが、おれの同室者は幸い察しが良い。午後の日差しも霞まんばかりの笑みを浮かべて、レオニートは椅子から優美に立ち上がったのだった。

胃食道逆流症《ジョービツニ・リフルクス》

胃液が食道に逆流し、煩わしい諸症状を引き起こす疾患。内視鏡検査で食道粘膜の炎症を認める場合はびらん性、認めない場合は非びらん性に分類される。典型症状は胸やけや呑酸、曖気《げつぷ》などがある。ただし慢性咳嗽、咽頭痛など食道外症状もみられることがあり、症例によってはそれが唯一の訴えとなりうる。非びらん性の患者が、非典型症状のみを訴えた場合、診断にしばしば難渋する。

なお竜種では、曖気《げつぷ》に爆炎をまま伴うため、診療の際はよくよく注意されたし。

カルテ2

全身の痒《かゆ》みと、竜の爪

患竜データ			
個体名	〈竜王〉ディドウス	体　色	背側：エメラルドグリーン
種　族	鎧　竜		腹側：ペリドットグリーン
性　別	オ　ス	体　長	1460馬身（実測不可）
生年月日	人類史前1700年前（推定）	翼開長	3333馬身（実測不可）
年　齢	4120歳（推定）	体　重	測定不能
所在国	極北国カランバス	頭部エラ	宝冠状
地域名	同国南部モルビニエ大平原 通称〈竜ノ巣〉	虹　彩	黄金色

カランバス暦433年（人類暦2425年）5月11日

主　訴

難治性の全身掻痒感

現病歴

数年前から全身の痒みを訴えている。夜間に悪化傾向あり。
外用薬で一時軽快も、再発増悪した。

既往歴

胃食道逆流症、爪白癬、高血圧、高脂血症

身体所見

頭部以外の全身に、うろこの白濁・肥厚を認める。

診療計画

全身のうろこの精査

申し送り

ステロイド軟膏を中止してください。

強烈な痛みに、おれは目を見開いた。

背を強く殴打して、気を失っていたらしい。肺を膨《ふく》らませるたび、痛みが鈍く脈打つ。浅く呼吸をしつつ、おれは涙の滲《にじ》んだ目を上げた。

おれが沈んでいるのは、濃厚な緑の世界だった。一面の苔《こけ》畳。無数に立ち並ぶ大樹の柱。高みにはシダのような葉が揺れ、その鮮やかな緑の天蓋に透けるのは、暗緑色の巨大なうろこだ。そう、ここは竜のうろこの谷間。おれが寝そべるのは、竜の地肌である。我らが鎧竜《よろいりゅう》の装甲の裏側には、こうして深緑の森林が広がっているのだ。とんだ世界に飛び込んじまったな、とつくづく思う。うろこの森の話ではない。かくも危険な竜の身体を探求する、奇人変人の巣窟の話だ。

そもそも、こんなに早く竜の背に登らされるなんて、全く思わなかった。無理もないと誰もが言うはずだ。

だっておれは医大生ですらないのだもの！

「おはようございます！」

銀葉グミの葉が風に躍り、ブナの梢に露光る朝。

爽《さわ》やかな大気を吸い込んで、おれは元気いっぱい挨拶をした。

「新人のリョウ・リュウ・ジです。よろしくお願いします！」

「あぁ来たね」お返事くださったのは、寸胴鍋を軽々と抱える御婦人だ。「悪いが紹介は後回しだよ。朝はいつも〈竜ノ風《タルナーダ》〉の如《ごと》しだ！　早速、仕事してもらうよ」

「了解《ターク》、料理長《シェーウ》！」

ここは学生食堂の厨房《ちゅうぼう》。おれはその新職員だ。賃金は最低限だが三食賄《まかな》いつき、余った食材は好きにして良しとのこと。好条件にやる気がみなぎります。

入学？　したさ、もちろん。しないと直ちに監獄行きだからな。けれど手続き中、何度失神しかけたか。卒業までにかかる奨学金、即ち、借金額のまぁべらぼうなこと。さらに恐ろしいのは、提示されたのはあくまで一般例。即ち、最低額という点だ。

おれは堂々たる白紙解答者。学力は下限を大きく割り込み、測定不能。すぐに医師団の講義に臨《のぞ》むのは無謀と判断された。そこでまず小等学舎にお邪魔し、初学年分から試験を受けていき、赤点を取った教科から補習開始という手筈となった。

そう、補習。正規じゃあない。他の学生があわよくば飛び級せんとする中、おれは独り落ち級とでも称すべき状況。かかる費用も当然、上乗せされる。

——これじゃあ監獄行きの方がましさ。

そんな悪魔の囁《ささや》きが聞こえた夜も、実はございました。

思いとどまったのは、ここに来られたのは奇跡のような運と知っていたから。せっかく賜《たまわ》った機会を投げ出す代わりに、おれは固く決意した。ただちに稼ぎ始めると！ 医師団の出す奨学金には、生活費の項目もあったけれど、これ以上の借金は断じて負えない。

かくして、おれは入学手続きと同時に、職探しに邁進した。

こんな学生未満の、しかもヤポネ人を雇うところが、はたしてあるか。玉砕覚悟でここ学生食堂に飛び込んだのが昨日。なんとその場で、あっさり仕事が決まった。

〈竜ノ巣〉《ゲネズド・ドラコーナ》の懐《ふところ》の、なんと深きことよ。そう感激したものだったが。

「丸パン三百斤焼き上がりました！」

「とっとと切れ！ もうすぐ朝の鐘が鳴る」

「卵料理あがり！ 皿だ。皿をよこせ！」

なるほど。これは純然たる人手不足の様相。

「配膳に回りな、新入り！　もうすぐ学生《ガキ》どもが来る！」

「ターク！」

おれは敬礼と同時に走り出し、だがすぐさま引き返した。

「あの、料理長。ヤポネに給仕させてよいのですか」

「うるさいね！　さっさと動く！　そんなことをぐだぐだぬかす非効率な輩に、あたしの料理を喰う資格はないよ！」

片手鍋がまともに飛んできて、おれは慌てて踵《きびす》を返した。

給仕といっても、高級店のように席まで注文を取りには行かない。客が列に並び、皿を取っていく。確かにこれなら誰が配膳しても構いますまい。

おれの役目は、要らぬ諍《いさか》いを生まぬよう、どの皿も寸分たがわぬ量を盛ることだった。

これぞまさに朝飯前。孤児院で鍛え抜いた腕を御覧じろ。

「おや、あんた、結構使えるじゃないか」

おたまを手に仰るは、この食堂に勤めて何十年の妙齢の御婦人だった。お褒めいただき光栄の至り。

焼き立てパンに、胡瓜《きゅうり》の塩漬けのスープ。食堂名物の水餃子《ヴァレニキ》はもちろん、本日の目玉はこの極太の腸詰め。断面はしたたる漆黒《しっこく》。朝っぱらから飢えた野郎および淑女のための、喰えばそのまま血肉と化す血の腸詰め《クロヤンカ》である。驚くなかれ、そのおどろおどろしい由来に反し、これがまた素晴らしく美味いのだ。

小麦の香ばしさ、ブイヨンの抗《あらが》いがたい芳香が、調理場と食堂を満たす。寮はいわゆる『表』の〈竜医大〉と異なり、壁の中の構造が剝き出しだ。縦横無尽に奔《はし》る配管と配線。大小の歯車にポンプ。何かの基盤に計測器。本来は鉄臭いはずだが、長年の調理の歴史が無機物に染み込み、元来の臭いを消し去っていた。

壁画のように食堂を取り囲む銅管。その中を駆け行く蒸気の流れに、おれは見入った。熱に昂《たかぶ》った霧の粒がぶつかり合い、白銀に輝きながら渦を巻く。タービンの羽根を豪速で回し、ちょいと疲れたように勢いを失うも、後続の蒸気から新しく熱を分け与えられて、笑い転げるようにして銅管を駆け下りていく。

——楽しい。

彼らの熱に炒《い》られたように、おれは心を躍らせた。

ヤポネは〈熱〉を見る。そう教わるまで、おれはこの景色が何か知らなかった。むしろなるべく無視していた。この光景が周りに見えないことは確かで、不気味がられては厄介だったから、極力この景色の相手をしないと決めていた。

人間とは不思議なもので、見ない見たくないと念じていると、本当にそう育つらしい。根気よく無視を続けた結果、最近ではあえて意識しないと気づかない域にまで矯正できていた。でも、この〈竜ノ巣〉に辿《たど》り着いて。これは熱と教わって。おれは生まれて初めてこの景色に興味を持った。以来おれは隙あらば、熱に見入っている。

「リョウ？」

無意識に手を動かしつつ、蒸気の流れを追うおれに、話しかける者がいた。

「何をされているのですか」

青金のきらめき。顔を上げればレオニートだった。今朝もその肌に寸分のくすみなし。前髪の寝ぐせもいっそ洒落ている。

「何って、見りゃあ分かるだろ」

おれは給仕然として皿を掲げてみせた。無論やつの疑問は、壁の配管を凝視するおれの奇行ぶりに対してだろうが、都合の悪いことはおどけてごまかすに限る。

「ほらほら、さっさと行って喰え。ひょろひょろ坊ちゃん」

威勢よく言って、盛り立ての皿を手渡す。腸詰め肉のスライスの下におまけの端切れを仕込んでやった。が、やつは不服そうだ。

「レオ、です」

そこかい。

「それから、たびたび御心配いただいていますが、僕は昔から太れない性質でして」

そりゃ悪かった。分かったから早く行け。

「リョウはもう朝食を済まされたのですか？」

「まだだよっ」

いっこうに離れる気配のない同居人に耐えきれず、おれはつい声を荒《あら》げた。けれども反応を得て、レオニートはきらきらと笑むばかり。

「御一緒に如何《いかが》ですか」

「無茶ゆーな、仕事中だ」

「しかし、今から食べませんと、間に合わないのでは？」

なんの話だと突き放せば、「実習です」と返った。じっしゅう？

「実地訓練です」

どうも通じていないと察したか、レオニートが天板に皿を置いて説き始めた。

「今日は医師団総出で、ディドウスの診察を行うのです。僕たち新入生にとって、初めて竜に触れる記念すべき日です」

「へえ」

「『へえ』ではなく」青金の睫毛《まつげ》が困ったように揺れた。「〈竜医大〉の正面玄関に十日前から校報が掲示されていましたよ。ご存じないですか」

うん、なかった。ご存じのはずがないのです。だって、おれは栄えある落ち級生。医大の講義はまだ早いと、小等学舎に通う身ですから。

校報か。おれ本当に学生なんだな。実質、小学生だけど。己の幸運をしみじみ噛みしめつつ、漆黒のクロヤンカに包丁を差し入れる。今度もぴたりと同じ厚みだ。

「そっかそっか。〈じっしゅう〉な。じゃあ頑張れよ、坊ちゃん」

快く送り出したはずが、返ってきたのは戸惑いの瞬《まばた》きだった。

「——貴男《あなた》は？　リョウ」

「うん。残念。おれも行きたいけど、今日のところは仕事入れちまったわ」

ぽかん、とレオニートが顎を落とした。歯まで真珠《しんじゅ》のようだ。と思っていると、やつは血相を変えて、天板越しに身を乗り出してきた。

「何を仰いますか。実習は全員参加です。貴男も行かなければ！」

相手は細身とはいえど、おれにとっては仰ぐほどの長身だ。情けなくも腰が引けたが、ぐっと正して対峙《たいじ》する。世間知らずの坊ちゃんに、ここは毅然《きぜん》と教えてやらねば。

「仕事にいきなり穴はあけられねぇ。御迷惑だ」

「貴男は学生ですよ。学業を優先すべきです」

「そりゃあ、金に困らんやつの言い分よ――」

おっと、要らんことを言ったか。そう悔いる間もなかった。

やつがいきなり、おれの両手首に摑みかかってきたのだ！　しかもおれを力任せに引きずり出し、あろうことか肩に担ぎ上げた。この体勢に覚えあり！

「ちょいと。何やってんだい、新入り！」

料理長の怒声が食堂をつんざいた。

「貴女《あなた》が料理長ですね」狼藉者《ろうぜきもの》はいたって涼しげだ。「彼をいただきたいのですが」

注文みたいにぬかすな、どあほうっ！　この優雅なる狼藉者に天誅を下すべく、おれは足を高々と宙に繰り出したが、なんたる無念。あっさりと封じられた。

「一緒に、実習に向かいたいのです」

「なんだって、実習？」料理長が凄む。

「いえっ、行きません！」おれは慌てて正した。「予定を知らなかったおれが悪いんです。今日はきちんと働きますっ」

ところが、どうしたことか。寸胴鍋で鍛えた料理長の腕に、血管が浮き上がった。

「舐めた根性しているね、新入り」

料理長の大きな手が、おれの前掛けを摑む。

「実習に行かないだって？　馬鹿言っちゃいけないよ！〈竜ノ診察〉は医師団の絶対の責務だよ。特段の理由がない限り、無断欠席は退学だ！」

なんですって。

凍りつくおれに、レオニートが「正確には一度目で厳重注意、二度で停学、三度で退学処分です」と付け加えた。医師団の規約書にそう記してあるらしい。まさか、あの分厚いやつを覚えたのか。ぱらぱら捲《めく》っているところなら見かけたが。

「ちなみに、退学者は学費の支払いは免責されず、さらに利子がつきます」

「しぇ、料理長《シェーウ》」おれは声を裏返した。「行かせてください！」

「だからお行きと言っているだろう！」

おれの前掛けを強引にはぎ取って、料理長は怒鳴った。

「だが、あたしの料理を一口も食べずに、この食堂からは出さないよ。朝飯抜きで、あのディドウスの身体に登れるもんかい。

分かったらとっとと、その小さい胃袋に詰めるだけ、詰め込んでおいき！」

「おはよー。ねぇ、今日のディドウスみた？」

「みたみたー、頭から尻尾までよおく見えた」

「えー、じゃあ今日晴れかー。曇りが良かったな～」

朝食をたらふく掻き込んで、急いで診療服に着替え、〈竜医大〉目指して走っていると。先に向かっていた生徒たちに追いついた。

きゃっきゃっという華やかな笑い声、甘ったるい語尾。春風にふわふわと揺れる毛先。女学生たちだ。下ろし立ての診療服が初々しく輝いて、なんだか見るだけでも恐れ多い。おれはなるべくそっぽを向きながら、十歩以上離れたところで速度を落とした。

「僕たちと同じ新入生ですね」

レオが奇遇だと笑いつつ、おれと一緒に足を緩めた。やつでも気後れするのだろうか。実は今年の新入生はおれたち以外、全員女性なのである。

ここまで極端なのは珍しいけれど、医師団は女性の割合が多いという。以前に何故かと訊くと「女は肝《きも》が据わっているのだよ！」と根拠不明の説を得た。尋ねた相手が悪かった。あのでたらめなカイナ・ニーナ氏に、おれはこのまま師事するのだろうか。

雲の光る春の空を仰ぎ、心の暗雲を払わんとしていると。明るく飛び交っていた声が、いつの間にかひそひそと低く落とされていた。花の香を孕《はら》むそよ風とともに、彼女たちの内緒話が切れ切れに届く。

ヤポネ。憲兵。無軌道者《イナヴァリッツ》。カランバス初。想定外。

——妄言者《ルオーシュ》。

これは離れるが宜しかろうと、おれが足を止めようした、まさにその時。

「だったら、なんだって言うのよ?」

噂話がぴたっと止んだ。みんなが振り返り、おれを見つめる。待って、おれ何も言ってません。そう狼狽えていると。

「貴女たち、〈本土〉の人ね?」

再び声がした。おれの横を、その人はするりと過ぎる。その子、と言おうか。おれより低い背丈に、おれより華奢《きやしや》な身体つき。ぶかぶかの診療服に、防護帽の留め紐をきっちり顎下でくくり、出目金さながらの作業用眼鏡を頭にのせている。

後ろ姿なので、顔は見えないけれど。女の子だ。

「教えてあげる。〈竜ノ巣〉じゃ、どこ《こ》から来たかも尋ねちゃ失礼なの」

子供っぽい声が、年上の女学生たちを相手に、切れ味も鋭く論ずる。

「出自を知っちゃうと、無意識に評価を下しちゃうかもしれないでしょ。それは医師団の教義に反するの。試験だって、出席番号だけ書かせるべきって意見も出るくらいなのよ。名前だと出自や性別が分かっちゃうものね。ただ番号だけだと書き間違えたら誰が誰だか分からなくなるからって、未だに実現しないみたいだけど」

自分たちの胸辺りまでしかない子供に、きんきんと高い声で早口にまくし立てられて、女学生たちは目を白黒させている。

「さぁ分かった？」女の子は腰に手を当てた。機械工具がいっぱい下がっていた。「もうシッケイなことは言わないのよ。貴女たちの評価を下げるだけなんだから——

って、ちょっと！」

女の子が締めくくろうとした矢先だった。女学生たちが、関わり合いたくないと言わんばかりに、そそくさと立ち去ってしまった。

「人の話は最後まで聞きなさいよ、本当シッケイな人たちね！」

ふんっと鼻息をひとつ、道の土埃も払う勢いで鳴らすと、少女はやにわに振り返った。桃色の丸いほっぺに、大きなおでこ。ふんわりと垂れた目尻は優しげで、唇もぷっくりと柔らかそう。見る者の心を綻《ほころ》ばせる可愛らしさだ。

綻んだところを、ばっさりと切り落とされそうでもある。

「お礼ならいいのよ」

おれが口を開く前に、少女は言った。せっかちな性質——いや、頭の回転が良すぎて、無駄な会話がお嫌いのようだ。

「あたしリリ。今年入学。聞けば分かっただろうけど〈竜ノ巣〉出身。お母さんは団勤め。小さい時から医師団に出入りしてたから、あ、本当は駄目なのよ？ でもちょっと事情に詳しいのはそのせい。ちなみに配属研究室は〈重機班〉の〈開発部〉。で、あなたがリョウね。そっちはレオニートね。よろしく。じゃ」

矢継ぎ早に言うと、女の子はさっさと歩いていく。と思いきや、ぴたりと止まった。

「来ないの？」

ついてこいと？

「急がないと間に合わないわよ」

リリは戻ってきた。彼女が歩くたび、腰の機械工具が賑やかに跳ねる。

「今日は〈初登竜〉。遅れたらことよ。初めての〈科活動〉でもあるんだから、きちんと筋は通さないと。活動態度も成績のうちなのよ。貴男たちの指導医はニーナ先生でしょ。探してあげる」

畳みかけるような早口に、おれはついていけない。口をぱくぱくさせると、了解の意と取られた。仕切り屋の少女が再びさっさと歩み出したところで、おれは我に返った。

ちょっと待て。貴男たちの指導医、だって？

「お伝えしていませんでしたね」まさかと振り仰げば、レオニートは晴れやかに笑んだ。

「僕も、ニーナ先生のお世話になるのです」

春の日差しにも勝る眩《まぶ》しさに、気がふらりと遠のく。

なんてことだ。こいつはやはり、世間知らずの坊ちゃんだったのだ。何を惑わされて、あんな奇人を極めた御仁のもとに来てしまったのか。

今からでもいい、引き返せ！


〈竜医大〉の広場は、既に大賑わいだった。

ずらりと並ぶ蒸気四輪《スチモビル》の列。広場のそこかしこで、生徒が点呼を受けている。大所帯の研究室の面々が二階建て車両に乗り込み、蒸気で辺りを真っ白にしながら出発していった。

〈竜脂炭《りゅうしたん》〉の良い香りが辺りに満ちる。ディドウスの肺を守るため、〈竜ノ巣〉近辺では、煤《すす》を出す粗悪な燃料の使用が禁止されているのだ。

「お、やっと来たな、我が研究生」

少女リリの先導に従って、広場の奥へと蒸気の煙幕を分け入っていけば。

鮮烈な真紅のおさげを風に流して、カイナ・ニーナ氏が立っていた。

「先生！　どうやってこの坊ちゃんをたぶらかしたんですか」

おれは開口一番、本題に入った。

「どうもせんぞ？」ニーナ氏は邪気に満ちた笑みを浮かべる。「こいつは自ら進んで私のもとへ来たのだよ。なかなか見る目がある！」

なるほど。では全校生徒に見る目がないと。

氏のもとに集ったのはおれたち二人きり。卒業まで四年、医師になるならさらに四年。正味八学年が、ニーナ氏の指南を避けた塩梅《あんばい》だった。

「私の指導を受けるに能う者がいなかったのだよ」

氏には自らを省みる能力がないようだ。

「おっ、リリではないか。とうとう、うちに来る気になったかね？」

「なるわけないでしょ」

ばっさりと少女は切って落とした。ぜひ見習いたい、この断固たる姿勢。

「ニーナ先生じゃ、あたしの学びたいことは教われないもの。先生のところに寄ったのはこの人たちがグズグズしてたから。あと――」

リリは氏の横を通り過ぎると、ぴたりと立ち止まった。

「この子に会いたかったから」

きらきらと輝く瞳。その彼女の視線を辿って、おれはひどく困惑した。

「お前たちにも紹介してやろう」氏が誇らしげに言った。「〈竜機工学〉の最先端にして、我が愛車〈カテタル号〉だ！」

「車なんですか、これ」

おれに言わせれば〈ガラクタ号〉だ。

とにかく奇妙だった。どでかい銃弾のような形状で、前面はぐるりと硝子《ガラス》張り、座席の足もとが丸見えだ。操縦席には運転には関係なさそうな電鍵盤やレバーがやまほど見えるし、躯体のあちこちについた小窓からは今にも何か飛び出してきそう。唯一の車らしさである車輪は、後から無理矢理くっつけたよう。

なによりも変なのは、車体だ。漏斗《ろうと》のような筒の穴が、鼻面からお尻まで、ぶっすりと貫いている。おかげで座席は端に寄っている始末。

「美しいでしょう？」

リリはうっとりと車体を撫でている。異論は唱えない方が良さそうだ。

「これはうちの〈開発部〉が作製した〈竜医療重機〉の試作品《プレトジーポ》よ。ね、見て。この硝子の曲線！　強化硝子で漏斗の形を再現しているの。〈竜ノ巣〉いちの硝子工房が何百と試作したんですってっ」

どうやら〈重機班〉の〈開発部〉が、ニーナ氏にこのガラクタ号を譲ったものらしい。

リリは〈開発部〉に入ったと言っていたから、この二人は実は同じ穴の狢《サバーカ》のようだ。

「見て見てっ！」リリは独りまくし立てている。「ここが〈風船《シャーリク》〉の発射口！　こっちがステント！　これを竜の心臓の――」

「リリさん、リリさん」レオニートがにこやかに話しかける。「〈開発部〉がそろそろ出発されるのでは？」

はたと熱弁が絶えた。丸い頬に両手を当てて、リリは絶叫した。

「いっけない！」

金切り声が止む前に、リリは消えた。蒸気の白煙の中から、機械工具ががちゃがちゃと揺れる音が響く。

「行ってしまったか」獲物を取り逃がしたように、氏は惜しむ。「以前から勧誘してきたのだがな。ついに〈開発部〉に取られたようだ」

「お知り合いなのですね？」レオニートが付き合いよく訊く。

「あの娘は医師団の有名人だ」親戚の子を語るような口調だった。「まだおしめも取れん時分から時計をばらして組み立ててみせた逸材だ。入団も時間の問題だったよ。なにしろ、母親に負ぶわれていたとはいえ、ディドウスを見ても一切泣かなんだのでな」

そこは感心するところですか⁉　赤ちゃんを竜の前に出さないでください。

我が子を職場に連れ込むわ、竜のもとに出向くわ。随分と型破りな母親のようだ。その反面教師で、あんなに生真面目なんだろうか、とリリを思い出していると。

「とはいえ、十二歳で入学しようとは思わなんだが」

氏が呵々《かか》と笑う。あんまりさっぱりと言うので、おれは「へえ、じゅうにさいかあ」と何気なく反復して。

「たったの？」

やっと異常さ加減に気づいた。

「はい、そのようです」レオニートがにこやかに言う。どうして、お前はご存じなのよ。

「カランバス史上、最年少での入団と伺いました」

素晴らしいですねぇ、と素直に褒め称える青年も、実はカランバス初の記録保持者だ。こいつは入学試験で史上最高点を叩き出したのだ。その結果、本来なら四年かけて修めるはずの〈基礎課程〉を飛び越え、〈医師課程〉に直接入ることになった。我が医師団ではもちろん、世界でもおそらく初めてのことだろう。

なお、そんなやつの横に立つおれは、ご存じ、カランバス史上初の白紙解答入学者だ。今年の入学生は異例尽くしである。

そう考えると、ニーナ氏のような奇人でやっと、指導医が務まると言えるのだろうか。

「さて、我々も出発と行こうか！」

愛車の扉を開け放ち、後ろに乗れと氏は命じた。

とはいえ、座席が見当たらないので困る。もとは別の機械との接続箇所らしいが、例の漏斗の大口が開いており、すこぶる狭い。乗りたくないが仕方がない。おれが渋々と身を収めた、その刹那《せつな》。

氏がペダルを踏み込んだ。

ぐぉんとモーテルが唸《うな》り、〈カテタル号〉は急発進した。

頭を強《したた》かにぶつけて、おれは丸まった。不意をつかれた。車体に〈熱〉が全くなかったからだ。蒸気機関は蒸気で動く。つまり炉を焚《た》いてこそ動くものなのに。

「驚いたろう、えぇ？」氏は得意満面である。「これは炉焚きではなく、あらかじめ圧縮した蒸気を搭載しているのだ。世界最先端の技術だぞ！」

「壮観ですねえ」レオニートが愛想よく相槌を打った。

涙の滲む目を上げれば、窓の外の景色は確かに迫力満点だった。

もうもうと舞う砂埃。魚の如く跳ねる小石。けぶる視界に、他の研究室の車影が浮かぶ。〈カテタル号〉は車高が低く、二階大型車の車輪と変わらない。並ばれるとぺちゃんこにされそうで恐ろしい。

幸い、すぐさま引き離されたので、心配するまでもなかったけれど——

「先生、この車！」

おれは絶叫した。

「滅茶苦茶のろいじゃないですか！」

砂煙越しにもはっきりと分かった。他の研究室の車がびゅんびゅんと追い抜いていく。

二階建て車両から笑い声が降りそそぐ。無理もない。こんなに勇ましく砂を蹴立てながら、驢馬《アシオル》並みの速さだなんて、おれでもきっと笑う。

「当然だ！」騒音の向こうで、氏が操縦席で胸を張る。「こいつは水陸両用に改造したが、本来は水中専用。流れに乗ることが第一義であり、自走能力は二の次なのだ！」

「普通の車に乗り換えましょうよ！」

「我が研究室にそんな金はない！」

氏はきっぱり言い放つ。待って。それって師事するにあたり重要な情報では？

「言ったろう、〈重機班〉への報告義務と引き換えに譲り受けたのだ。壊れるまで乗るという耐用試験も引き受けた。操縦を極めるためにも、私はこれに乗り続けねばならん！　だがこのままでは確かに遅れる！　お喋りは終わりだ、研究生たち。舌を噛み切りたくなかったら、大人しく座っていることだ！」

抗議は受けつけぬとばかりに、氏はペダルを踏み込んだ。

かくして、〈カテタル号〉は驢馬から馬《ロシャ》の速さに上がった。いや、揺れ具合からは駱駝《ベルヴリト》に例えるべきか。悠久の砂漠をわずかな飲み水で渡りきる、かの強靭な生きものは、荒波の小舟ほどに揺れるとか。

孤児院時代の、極夜の月明かりに読んだ小説の一節を思い出しながら、おれは頭だけは守り抜こうと、固く身を丸めた。

〈炎ノ谷《ダリーニエ・オグニーヤ》〉。

それは竜の寝床。

竜の呼吸が生む風。身じろぎが為す大地の震動。時折襲う〈竜ノ息吹〉――げっぷ――の業火。それらが悠久の時をかけて削り出した地形は、竜の歴史そのものだ。

ここに今日、生きて辿り着いたのは奇跡である。

あの暴れ車に乗る間、おれの命が尽きるが早いか、それとも日が暮れるのが早いかと、真剣に覚悟した。しかも到着直後の車酔いも覚めやらぬ中、こうして険峻《けんしゅん》さながらの老竜の身体を這い登っているのだ。おれは超人の名に値しよう。

「鎖に命綱をかけろよ、研究生！」

ニーナ氏がシシ面の羽根飾りを振り立てた。深緑のうろこの巌山《いわやま》に、彼女の真紅な肌はよく映える。

「ディドウスが身震いひとつしたら、お前たちなんぞ地面に真っ逆さまだぞ。経路のないうろこを登れるのは、〈看護部門　環境整備班〉のベッドメイカーのみだからな！」

竜の背のはるか高みを、氏は指差した。

晴天にそそり立つ、うろこの崖肌。そのはるかなる頂上に、件のベッドメイカーたちの姿があった。太い楔《くさび》を幾つも腰ベルトに下げて、自身と変わらない大きさの荷物を背負いながら、自由自在に斜面を移動する。彼らが楔をうろこに穿《うが》つたび、かーん、かーん、と澄んだ音色が青天に響き渡った。

そう。ディドウスの全身には、無数の楔が穿たれているのだ。

それらを支柱にして鉄鎖が張り巡らされ、人間たちの登る道が作られていた。その名も〈診察経路〉である。

「ありがたく思えよ」氏は鎖を掴んでみせた。「医師団の看護師たちが何世代にもかけて引いた道だ。これが無ければ、〈竜ノ医師〉は無力だからな！」

看護師というと優しげな印象があったが、〈竜ノ医療〉では一番の力自慢。診療のための環境を整えるため、竜の身体に真っ先に登るのが、看護師たちなのだ。

「ニーナせんせぇーい」

噂をすれば、看護師の一人がするすると降りてきた。

鎖の経路をまるで無視した軌道。太縄を身体に回し、椅子にでも座っているかのように楽々と下降してきたのは、若い細身の女性だった。

「おーう、我らが看護主任どの」

氏が敬意を表すれば、のんびりとした声で「どうもー」と返る。

「この先のうろこですけど」

長い打診棒が、ぴっと伸ばされた。口調に反し、彼女の動きは機敏だ。

「もうすぐ生え変わるのか、ぐらついているので、迂回してくださいねー。楔に赤い布を巻いておきましたから、お気をつけてー」

柔らかに忠告して、主任はするすると降り出した。慣れた手つきで打診棒を右に左にと振って、うろこを軽く叩いていく。こーん、こーんという軽やかな音が、あっという間に遠ざかっていった。

「見事ですねぇ」

レオニートが笑う。よく言うよ、とおれは息を切らしながら思う。こいつは汗ひと粒もかいてない。いったいぜんたい、どんな身体をしているんだ。

その疑問は、おれだけのものではないようだ。鎖もろくに持たず、すいすいと登る彼は、他の生徒たちの注目を集めていた。

「あの子、今年の新入生らしいよ」

どこからか噂話が聞こえる。山岳では遠くまで声が届くと聞くが、竜の背の上でも同じらしい。うろこの崖肌を奔る風に乗って、それは明瞭に聞き取れた。

「新入生？　嘘《よそ》だぁ。だって、私たちと同じ〈医師課程〉の講義で見かけるよ」

「分かった。他国の医師団からの編入生じゃない？　それならさ……」

あけすけな噂話にも、レオニートの涼しげな佇《たたず》まいは崩れない。

「本日のディドウスの主訴を述べよ！」と、ニーナ氏が鋭く要求を投げれば。

「数年前から続く全身掻痒感です」などと、はつらつと応えてみせる。

「現病歴はどうだ」

「はい。初回の診察時には〈慢性湿疹《シピユ》〉と診断されました。〈消炎剤外用薬《ステライダフ》〉を塗布《とふ》したところ一時軽快していましたが、このたび再燃し――」

噂話がぴたりと止まった。

見れば先輩の方々は呆気に取られた御様子。どうやら、やつの振る舞いは〈基礎課程〉どころか〈医師課程〉をも修了した者のそれらしい。

「うむ、よろしい。患竜の病歴はきちんと把握せねばならん！」

ニーナ氏が頭を振り立てれば、シシ面が陽気に跳ねた。

「当の爺さんも長く生きすぎて、自分がいつ何に罹患《りかん》したか、もはや分かっておらんからな！　しかも、分からないと正直に言えば良いものを、長々と他所事を話してはぐらかす。竜は誇り高いのだ。誰より長く生き、天地を俯瞰《ふかん》する賢者という自負がある。よって竜語に『分からない』という単語はない！」

雷鳴の咆哮《ほうこう》が上がった。

ごろごろといつまでも続く低音の唸り声は、どことなく愚痴《ぐち》っぽかった。

『ディドウス、ディドウス』

団長マシャワが拡声器越しに、雷鳴の愚痴をなだめる。

『大丈夫ですよ。ちゃんと診させてもらいますからね』

おれは鎖をしっかり摑むと、うんと伸び上がって、ディドウスの顔色を窺《うかが》った。老竜の巨大な口が、なんとも不満そうに開かれている。氷山をも凌ぐ巨大な牙を覗かせ、団長の話を聞いているのか否か、ぶつぶつ、ぐるぐると咽喉《のど》を鳴らすさまは、まるで大きな猫か犬のようだ。

彼の雄大な全身を、おれは見渡した。首から肩、背中、お尻から尻尾の先まで。深緑のうろこが春の日差しを浴び、柔らかく照る。そこに蟻《あり》ほどの影がまんべんなく散っていた。

医療者たちだ。

老竜の高き背の稜線を行くのは〈看護部〉の面々。彼らが引いた鎖の道を頼りに、他の団員は各科に分かれて登竜する。本日の診療の音頭を取るのは〈竜皮膚科〉だが、老竜の身体はあまりに広大なので、全診療科が協力してうろこを見て回っていた。

『皆さん、改めてご留意を』

竜皮膚科長の女性医師から無線が入った。

『本日、危惧される疾患は〈竜疥癬症《かいせん》〉です。これは一見、湿疹《しっしん》と似ています。うろこの白濁や肥厚《ひこう》だけでは区別がつきません。トンネル状の変形がないかを、よく――よおく！お探しください』

的外れなうろこばかりで呼び出されているのだろう。ちょっぴり、声色がきつかった。巻き舌を強調する訛りもあって、なんだか妙に迫力がある。

団長も巻き舌の癖があるからこれはおそらく〈太陽ノ民〉の訛りだ。大陸の最南にある大国ガナラージャの民である。世界一の美食の国と聞くが、それはさておき、異国の人が団長に立つだけあって、〈竜ノ巣〉には色んな国の人を見かける。

東の隣国《リエンタ》の〈薬草ノ民〉は、切れ長の涼やかな目が特徴。海と山に挟まれた国なので、珍しい植物がたくさん採れると有名だ。

南の隣国の〈鉄馬ノ民《モルビア》〉は、褐色の肌と白い髪を持つ。カランバスに〈鉄ノ馬〉、即ち〈蒸気機関〉を持ち込んだ、機械工の国である。

西の隣国の〈森ノ民《ウラーナ》〉は、カランバスと古くから縁が深い。最初にカランバスへと移り住んできたのは彼らだ。土着の〈赤ノ民〉たちと結婚を繰り返し、今では肌が淡い桃色という点以外、〈赤ノ民〉とほとんど変わらない。

他にも、おれの知らない国の人々をたくさん見かけた。なるほど、リリの言う通りだ。そういえば彼女はどこにいるだろう。気になって探せば、いた。ディドウスの足もとだ。今日は登らないのか、それとも配属部の方針なのか。地上に並ぶ重機の合間を走り回っている。遠目にも、彼女のせっかちが見て取れた。

かくいうおれの足は、ちっとも進まない。いや、今やすっかり止まっていた。頭だけがやたらと興奮して、意識が足先まで及ばない。おれはいつしか座り込んでいた。

うろこの岩肌に手を置く。春の日差しのためか、竜の本来の体温なのか、人肌と同じく温かい。それが無性に嬉しかった。おれは今、竜に触れているのだと思った。

帰ってきた。そんな言葉が浮かぶ。

この〈熱〉が観たい。そう思い立ち、おれはこめかみにぐっと力を込めた。途端、押し寄せる色彩に、むせかえってしまった。

老竜の心臓が真っ白に燃えている！　まるで太陽だった。どくどくと拍動する光からは無数の血管が走っている。まるで地下河川だ。深みの早瀬は鮮やかで、浅瀬では緩やかになり、青黒く冷めている。なんて色に溢れた世界だろう！

おれの座るうろこの下でも、冴えた青き血がゆっくりと流れていた。その流れに、吸い込まれるようにして見入っていると——

「リョウ、どうされましたか」

突然の声に、おれは飛び上がった。レオニートだった。うろこにしゃがみこんだおれを心配して戻ってきてくれたようだ。

一方で、ニーナ氏が「指導医から離れるでないわ、愚か者」とおれの頭をはたいた。

「気を引き締めい！　今日の診察は、世界の未来を左右するのだぞ」

大げさな例えだなと思えば、「比喩ではない」と再び怒られた。

「飢饉《ききん》が訪れるかという瀬戸際なのだぞ、今は！」

「えぇっ」おれは仰天した。「いつからそんな危機が？」

ニーナ氏ががくりと項垂《うなだ》れた。シシの仮面があんぐりと口を開けている。以前から気になっていましたが、このお面は正式に認められた防具ですか？　羽根飾りなんぞ如何《いか》にも燃えやすそうですが——もっともディドウスのげっぷ騒ぎでも無事だったけれど。

「どうしてそこまで何も知らない？」氏はため息をつく。お面ではなく、飢饉のくだりに。

「初登竜において、新入生全員に講習があっただろう」

「あったんですね」

「……そもそも入学以来、全体の集まりが一度もないのは妙だと思わなかったのかね？」

「あるものなんですね」

「リョウは学校自体が初めてですからね」

ニーナ氏と今一つ嚙み合わぬおれを、レオニートが横から庇《かば》う。

「初めてだろうが何だろうが、自分がなんのために竜に登っているのか、露ほども疑問に思わなかったのかね。ん？　なんのために医学生になったのだ、お前は」

氏の顔は可愛らしいが、肌が鮮血の色合いなので、目を剝かれるとどうにも不気味だ。おれは思わず目を逸らした。とはいえ、ごまかす知識すら持ち合わせない。

「えっと、竜が痒がると、飢饉が起こる――ってことで良いですか？」

「そういうこともあるのです！」レオニートが割って入り、ニーナ氏からおれを救った。

「リョウは、〈竜の十禍〉をご存じですか？」

もちろん知らない。

「竜が引き起こす災害のうち、甚大な被害を及ぼすものを言います」

彼が話すには、中には健康な竜が起こすものもあるし、本当は十に限らないけれども、昔から竜病による災害は次の十に分けられて語られてきたらしい。曰《いわ》く。

天の禍《アーダ・セレステ》。

地の禍《アーダ・ゼミリャ》。

山の禍《アーダ・ゴルヌーイ》。

風の禍《アーダ・ヴィエトラ》。

火の禍《アーダ・パジャール》。

水の禍《アーダ・ヴアーディ》。

土の禍《アーダ・ポチーヴァ》。

無の禍《アーダ・プスタター》。

渇きの禍《アーダ・ジャーズダ》。

そして、飢えの禍《アーダ・ゴローダ》。

火の禍《わざわい》だけは見当がつく。この前の〈竜ノ息吹〉だろう。竜がげっぷを吐くと、辺り一面が焼け野原になるという、とても笑えない災害だ。

他のは、颶風《ティフーン》、地震、噴火、竜巻《たつまき》、洪水、地割れ、大地の死（つまり土壌の不毛化だ）、旱魃《かんばつ》、それから蝗害《こうがい》だという。コウガイ？

「〈虫の禍〉とも呼ばれます」レオニートは付け加えた。

「むし？」おれは災いが十個あったか指折りながら訊いた。「なんで虫なんだ？」

「竜のうろこに巣くう小さな寄生生物――いわゆる『いなご』による災害だからです」

指折り数える手がぴたりと止まる。

いなごと聞いて思い浮かぶのは、バッタの大群である。それが竜のうろこに寄生する？

ディドウスでなくても、なんだか痒くなってきた。

「正確には、バッタではないのですが」

背中を掻き始めたおれに、レオニートは説いた。

「正式名称は〈アバドン〉、竜種固有の寄生生物になります。彼らが竜に寄生した状態を、〈竜疥癬症《チエソートカ・ドラコーナ》〉と呼ぶのです」

ちなみに人間の疥癬では、ヒゼンダニというダニが原因という。ますます痒い。

「まぁ爺さんが痒いだけなら良いのだがな」

ニーナ氏が酷なことを言い放つ。

「通常の場合、アバドンは群れんし、遠くへは飛ばん。ところが稀に、群れて飛ぶ個体が生まれるのだ。〈相変異〉したアバドン、と竜医学上は呼ぶ。

――こいつが厄介なのだ」

何らかの理由で竜の抵抗力が下がると、アバドンは見境なく繁殖し出す。増えに増えて餌が減り、自分たちを追い込むようにして飢餓に陥る。すると彼らは生き残りをかけて、〈相変異〉という世代交代を起こすという。

飢えた親から生まれた幼虫は、親よりも大きな翅《はね》と、強靭な顎、そして強烈な飢餓感を有する。彼らは大群を成して竜から飛び立ち、地上へと舞い降りるのだ。

地上の緑という緑を、喰い尽くすために。

「蝗害がひとたび発生すると、大陸全土を巻き込む大惨事となります」

レオニートが説く。声が爽やかで、今一つ緊迫感に欠けた。

「我が国にも百年ほど前、蝗害が及びました。東の隣国リエンタに棲まう竜にアバドンの大群が発生したのです。虫には当然、国境の概念がありませんから……」

カランバスの田畑と森が丸裸にされたという。

「もちろん大きな国際問題となったぞ」

氏はやれやれと吐息をついた。あたかも自らが国政を担う立場の如くだった。

「カランバスのみならず、東国リエンタに面する国全てが、賠償せよと彼《か》の国に迫った。しかし金銭では飢饉の救済にはならんのでな。蝗害を直接被らなかった国も、食料を分け与えるべく、身を削ったのだ。当然それは借金となり、リエンタに圧し掛かった」

それまで、東国リエンタは豊かな国だった。海に面しており、山も多く、竜もたくさんいた。しかし蝗害事件が起きて没落。各国への賠償の支払いが今なお続いており、過去の栄光は見る影もないという。

「気の毒に、〈竜医学会〉の中でも権威が失墜してな」

氏は憐れむように首を振る。仮面がかたりと傾き、嘲笑《あざわら》うように口を開けた。

なお〈竜医学会〉とは世界の〈医師団〉の集まりを指すらしい。知と経験を持ち寄り、ともに〈竜ノ病〉と闘う非営利団体だ。というのは建前で、その学会での発言力が世界の〈竜ノ医療〉の方針、果ては国際政治の道行きを決めるという。

「かつてはリエンタで盛んだった研究も、ここ数十年ぱっとしない。資金がないからな。おかげで肝心の医療水準も低迷する一方。最近は竜も減っているらしいぞ」

おれは「大変ですねぇ」としみじみ呟《つぶや》いた。竜が痒がっただけで一国が傾くだなんて、〈竜ノ医師団〉の肩にかかる責の重みたるや。

「他人事ではないぞ」氏が大げさにため息をついた。「我が国の竜は、爺さんただ一頭。この老いた竜体に全てがのしかかっているのだ。実に危ういと思わんかね？　しかも極度の文句たれだ。ただの湿疹でも大げさに訴える。本当に疥癬なのか怪しい。見極めるにはうろこの中に巣くう病原体を見つけるほかない」

「うろこの中？」

おれはディドウスの身体を見渡して、くらりと眩暈《めまい》を覚えた。この無数のうろこから、バッタ並みに小さな生きものを見つける？　そんな無茶な！

『ディドウス！』

気が遠のいた時、悲鳴のような声が、春晴れの青天を衝いた。

団長マシャワだ。焦げたパンのような緊迫の声だった。

『ディドウス、辛抱《しんぼう》！　辛抱です！』

声に続いて、おれは足もとの異変を感じた。地震。いや、竜の身震いだ。

全身から血の気が引く。今になって気づいた。痒みには最も手軽な対処法があることを。

ディドウスはひどく頑張って、その手段を取らずにいてくれたことを。

『掻いてはなりません！』

主治医の忠告を、たまらない、といわんばかりの咆哮が打ち消した。

警告の笛が鳴り響く。それを振り落とすように、身震いの地震が激しさを増す。経路の鎖がちゃりちゃりと暴れ、うろこがぶつかり合って軋《きし》みをあげる。おれは這いつくばってうろこに縋《すが》った。そうして必死に耐えていた時だ。

ふっと頭上が陰った。

竜の巨大な爪が、真上に来ていた。

この心情を例えるなら、夏の夜の野ねずみだ。月の陰りにふと顔を上げて、フクロウの鉤爪《かぎづめ》が剝かれた瞬間を見る。そんな絶望。

「――バカ……ノ――」

氏の声をぼんやりと聞く。

「……走れ、馬鹿者！　爪の軌道の上方へ逃げろ！」

はっと正気に返り、腑抜けた四肢に力を込める。動くのに邪魔な命綱を、なんとか外す。四つん這いになって坂をもがき上がり始めたところで。おれは総毛だった。

「おい、坊ちゃん！」

レオニートが逃げ遅れている。

振り下ろされる運命に、屈伏したのか。爪はもう真上というのに、彼は動かない。瞳は見開かれ、瞬きもせず、自身へと迫る三日月を映す。

湾曲の先端が、レオニートに突き刺さる直前。

おれは彼に、体当たりしていた。

爪の風圧が、おれの真横を行き過ぎる。切っ先が、うろこに突き刺さる。岩盤の砕ける衝撃を、おれはもろに受けた。命綱を外したばかりに、おれの身体は自由に跳ねる鞠玉《まりだま》も同然。強風に煽《あお》られるままに、ふわりと宙に浮き上がる。

死ぬ、とおれは察した。このまま地上まで真っ逆さまだ。嫌だ、と無茶苦茶に宙を掻きむしる。そんなおれの手を、力強く摑み取る者がいた。

レオニートだ。

風圧と重力に逆らって、彼はぐうっとおれを引き上げる。そのまま流れるようにして、華奢ながらも広い肩へと、おれを担ぎ上げた。

驚くのはその先だ。彼が軽やかに、うろこの崖を駆け始めたのだ。倒れるほど前傾し、体重を推進力に変えていく。その足捌《さば》き。

おれは直感した。

こいつ、竜に登り慣れてやがる、と。

脳裏をよぎるのは、〈竜宝の門番《オパル・オ・フ》〉という名だ。けれども、やつの過去に探りを入れる暇はなかった。なにしろディドウスの爪がうろこに突き刺さったまま、まっすぐこちらを目掛けて押し寄せてきたのだ。

分かっている。老竜は掻きむしりたいだけだ。けれど彼の上に乗る人間はたまらない。

地鳴りを上げて、巨大な爪が迫りくる。妙に真っ白な爪だった。まるで、深い谷に朽ちる白樺のよう――

けれども威力はすさまじかった。引っかかれたうろこが裂けて、破片が雹《ひょう》のように降りそそぐ。レオニートがくっと苦い息を漏らした。

「おれを放っていけ、坊ちゃん！」

彼を慮《おもんぱか》って怒鳴れば、何故だか怒鳴り返された。

「レオです！」

この期に及んで、それかい！

「しつこいやつだな。いいから下ろせっ」

「どちらがですか。いいから黙ってっ」

などと言い争っていたのがいけなかった。

「前を見ろ、馬鹿ども！」

地鳴りと喧嘩の向こうで、ニーナ氏が声を張り上げる。

「そのうろこは駄目だ！」

氏の警告が飛んだ時には、レオニートは既に跳躍していた。足もとに飛んできたうろこの雹を間一髪で避けて、ふわりと柔らかく着地する。

そこで、やつは硬直した。彼の視線を辿って、おれも凍りつく。

跳び移ったうろこ。その中心に楔が穿たれている。風に揺れるは、鮮やかな赤の布。

『この先のうろこ』

『ぐらついているので、迂回してくださいねー』

のんびりした声が、鼓膜の裏に甦《よみがえ》った時。おれとレオニートはひしと抱き合ったまま、傾いだ巨岩を滑り、うろこの下の世界へと落ちていった。


――オカエリ。

薄明かりに、声を聞いた。

誰だろう。そんな問いが、意識の片隅で融けていく。腕はじぃんと痺《しび》れて動かず、脚は重さを残して消え、上半身だけが取り残されている。

――オカエリ。

葉擦れとともに、歓迎の声が寄せては返す。ぼんやりとした闇の中、タダイマ、と呟き返した。草の匂いがして、葉先がおれの頰を撫でる。なんだかくすぐったい。

ここはどこで、どうして寝そべっているのか。不思議に思うけれど、なんだか全てどうでも良い。こんなにも安心する場所があるなんて。風はしっとりとまろやかで、煤も雪も混じらない。光は柔らかく、目を突き刺すような真似はしない。

これに比べて、外の世界の、あの肌を切り刻む寒さよ。

思い出されるは、カランバス本土の光景だ。あのどこまでも黒々と凍った大地と、熱を喰い尽くす貪欲な雪雲。分厚い毛皮に体温を閉じ込める人々。

見るべき熱に乏しい世界。

春でも夏でも、赤々と焚かれた暖炉の横にいても。外の世界はいつも冷たい。ただ独り剝き出しのまま雪の上へと投げ出される、あの心細さと悔しさ。

あんな思いはもう、御免だ。

この草の香りに埋もれて眠ろう。身を丸めようとして、けれども腹がつかえた。誰かがおれを抱えているようだ。払おうとするも、腕は引き留めるかのようにきつく回されて、解かれる気配もない。

邪魔だなぁと苛立つ反面、衣服越しに伝わる体温はひんやりとして、存外に心地良い。寒いのは大嫌いだが、この冷たさは悪くなかった。払いのけるのは止めにして、この腕は誰のものだっけ、とぼんやり考え始めて。

青金のきらめきとともに、おれは全てを思い出した。

雷鳴の咆哮と地響き。天より墜ちたる白き爪。崩れ行くうろこの崖と、揺らぐ足もと。互いの他に摑むものなく、ひしと抱き合うまま落下する二人。

記憶とともに、全身の痛みが舞い戻った。まず息が詰まり、反動で大きく胸が膨らむ。

激しく咳き込んだ拍子に、涙がぼろぼろ零《こぼ》れ落ちる中、無理矢理に目を見開いた。

視界に押し寄せたのは、緑の洪水だった。

直立する巨木の柱。幹を覆う地衣類。扇のような葉の天蓋。

ここはどこだ。おれは混乱した。うろこの下に落ちたはずなのに、この森林はなんだ。いやよく見れば、はるか高みにかかる天蓋に、うろこのような崖の陰影が見える。ならばこの森はうろこの谷間なのだろうか。

分からないものを考えても仕方ない。とにかく今はレオニートだ。

幸い、痛みは幾らか退いてきた。四肢も動く。折れてはいないようだ。切り傷擦り傷の類《たぐい》は捨て置いて、上半身を引き起こす。おれを抱えるやつの無事を確かめるべく、身体を強引に捩じって。

案じた自分が、途端に馬鹿馬鹿しくなった。

苔の窪みの水たまり。その清らかな水に頬を浅く浸からせて、やつは横たわっていた。青金の前髪から雫《しずく》がしたたり落ち、水面に波紋を描く。頭上には胞子の粉雪がきらめき、そこに木漏れ日が降りそそぎ、彼の全身を淡く照らし出す。

倒れる場を選んだ。そうとしか思えぬ光景である。

助け起こす気が失せかけたが、気を取り直して、「おい」と肩を揺すってやる。

「起きろってば。レオ――」

おれはやつの耳もとに口を寄せた。

「――ニート・レオニトルカ・オパロフの、ぼんぼん坊ちゃん！」

「……ですから」

恨めしげに眉間に皺《しわ》寄せ、レオニートが唸った。

「何故レオと呼んでくださらないのです」

「起きてンじゃねえか」

きらきら輝く頭をはたいてやる。それより早く、ここはどこか教えろ。

「ここは」目を開けた途端、レオニートは笑みを絶やした。「竜の〈皮膚常在菌林〉です」

「ヒフジョウザイ……なに？」

「竜の皮膚を守る巨大植生菌類《バクツーラ》です」

レオニートは森を見上げ、「これが生きた〈秘境〉の姿か」と囁いた。

その畏怖の響きに、おれも黙って梢を仰いだ。

草木が音を吸うのだろうか、草葉のさざなみの他、森は恐ろしく静かだった。まっすぐ天を衝く樹々の肌は、よく見れば白銀色に透け、うろこ状に毛羽だっている。葉もシダのそれに似て、胞子の房をたわわに下げており、地上のような花はない。

さながら古代の森林だ。〈秘境〉と人が呼ぶのも然もあらん。

「竜のうろこは、実は皮膚なのです。表皮の硬い角質が立ち上がり、柔らかい皮膚を守るのです。そのうろこと皮膚の間には、こうして森が広がっています」

レオニートは常と同じくすらすらと説くが、どういうわけか、聞き取るのも難しいほど小声だった。なんにしても、ここを登るのは無理だな、とおれは判じた。助けを待つのが得策で、待つからには動かないことだ。

おれはやれやれと寝そべろうとして、ふと思い立った。

「なあ」と相手の袖を引く。「さっきお前、バクツーラって言ったか？」

レオニートはきらめく睫毛を揺らすと、「ええ、そうですね」と頷いた。それが何かと言わんばかりだが、いや待ってくれ。

「バクツーラって、……ばい菌のことじゃ」

「あ、はい。そうです」

そうです、じゃねぇ！

「おれたち、ばい菌の中に落っこちたのか⁉」

叫んだおれの口を、レオニートの手が急いで塞いだ。

「御安心ください。人間に害はありませんん。大きすぎるので」

そういう問題じゃない。やつの優美な手の下で、おれはもがもがと抗議した。

「そもそも人間界の〈菌〉と、竜医学における〈菌〉では分類が異なります。人間の立場では、これらは草木やきのこと捉えて構いません。表面に見える部分は花、つまり胞子を撒くための器官であり、本体は表皮《じめん》を走る菌根《グリボーク》です」

よって動かないので、この植物たちから養分を吸われはしないという。

吸われてたまるか。

「これは大切な竜の身体の一部です」レオニートは力説する。「こうして肌を覆うことで真菌《プレセン》などから竜自身を守っているのです。現にディドウスは真菌を保有していますから、この皮膚常在菌林は重要です」

プレセン？　アバドンではなく？　おれは首を傾げた。

「失礼しました。真菌とはいわゆるカビのことで、アバドンとはまた別です」

「カビ？　ディドウスにカビが生えちまったのか？」

「リョウも目にされたはずですよ。僕たちが落ちる原因となった、あの白い爪です」

おれは老竜の巨大な爪を思い返した。確かに一本だけ真っ白だった。

レオニート曰く、竜爪の白濁は真菌のせいと相場が決まっている。〈爪白癬症〉という。

硬い竜の爪を削って検査するのは難しいので、ディドウスの場合も未検出のままだが――

という仔細はさておき、おれはどうしても、確かめたいことがあった。

「爪のカビって言ったよな。それって――」

途端レオニートが目を逸らす。恥じらう素振りに、嫌な予感を覚えた。

「………一般に、〈水虫〉とも呼ばれます」

きったねえ!

おれのまっとうな叫びを、大きな手が再び塞いだ。

「仕方ありません。竜の身体はいわば〈山〉。生きた森林もあれば朽ちる箇所もあります。そもそも竜に比べて、人間の肌が清潔とも言えません。人間の皮膚にも常在菌が巣くっているのですよ。竜と同じです」

レオニートの穢《けが》れなき顔で言われても、説得力に欠けるというものだ。しかもその理屈が正しければ、おれたち人間こそ、竜にとっては『ばい菌』ではないか。

そう言い返すと意外や否定されなかった。それどころか、レオニートの笑みがひくりと強張る。そういえば先ほどから、やつはずっと小声だし、おれが大声を出すたびに、口を塞いできたものだが。

もしや。

「――助けを待つほかない状況で、怖がらせたくなかったのですが」

詰め寄れば、レオニートはやっと口を割った。

「先ほど申し上げた通り、皮膚常在菌林のバクツーラのうち、動かない菌たちに関しては、全くの無害です。

……ただ」

動くものもおりまして。

その言葉を聞く前に、やにわにレオニートがくずおれた。地に伏した彼が声もなく目を見開いたまま、苔の地面を後ろに這っていく。

何が起こったか理解して、おれは戦慄した。

レオニートは今、引きずられているのだ。

「貪食粘菌《ファゴライムス》！」

レオニートが叫んだ。

けぶる緑の幕間から、そいつはぬるりと滑り出た。形はない。強いて言うならば巨大な水滴か。毒々しい黄の警告色に発光しながら、寒天さながらの身をぷるぷると震わせる。

網目状の触手を伸ばし、苔の地面を舐めるように捕捉しては、ずるりと這い寄る。

シダの落ち葉が、黄色の体内に取り込まれるや。

しゅわっと蒸発するように、瞬時に溶けた。

レオニートの革の長靴を見れば、足首に異形の触手が絡みついていた。そうして獲物を引き寄せるのだ。触手から粘液がねっとりと垂れるさまに、ぞっと背筋が凍った。

「逃げて、リョウ！」

異形に引き寄せられながら、レオニートが怒鳴る。その時にはおれは動き出していた。彼を助けるために。

「いけません、触っては！　貴男まで取り込まれる！」

やつの忠告に構わず、ねばついた糸へと摑みかかった。渾身の力で引きちぎろうとしたものの、触手はぐんなりとたわむばかり。

駄目だ。手ごたえのなさに、おれは即断した。切ろう。

幸い、ナイフならある。団から支給された診療服には、そこかしこに登竜用具を下げる箇所がある。腰もとにはちょうど、小刀の鞘が下がっていた。

おれは素早く糸を放した。同時に、あれっと疑問が脳裏を掠めた。妙だ。なんでおれの手だけ、糸からなんなく離れた？　レオニートの足には強固に粘りついているくせに。

それは些細《ささい》な不思議だった。考えるよりも動くのが、おれの信条だ。小刀を抜く。竜の爪から削り出した刃は、岩にも刺さるという。一刀両断してやる。

抜刀の勢いそのままに、黄色い触手に刃を突き立てんとした、その刹那。

トッ、と軽い音が鳴った。

「えっ」レオニートが小さく叫んだ。

「え？」おれもまた息を呑んだ。

自分がナイフを捨てたのだと、把握するのに数拍要した。

露玉光る苔の絨毯《じゅうたん》。その上に、短剣が突き刺さっている。透けるほどに薄い直刃。鏡のような反射に、おれの顔が映っていた。混乱する頭に反して、その顔はひどく落ち着いていた。まるでこうするのが正しい、と言わんばかりに。

ふっと視界が陰る。

目端に、ぽとりと一滴、黄色い雫が垂れた。顔を上げれば、異形が目の前にいた。無形の身体にぽっかりと空洞が生まれ、みるみる広がっていく。蛇に喰われる雛《ひな》はこんな心地だろうか。けれども雛なら鳴き叫び、飛べない翼をばたつかせるところ。

対して、おれはすうっと立ち上がり、異形に対峙していた。

背後から「リョウ！」と叫ぶ声がする。おれも同感だ。言うことを利かぬ身体に焦り、悲鳴を上げている。けれど正常な意識は、何かに強く抑制されていた。それは狂気でも、自己犠牲心でもなく、このうえなく冷静な。

生存のための選択。

――キョゼツスルナ。

脳の中を、その一言だけが反響していた。こだまに応じるように、おれの腕が独りでに持ち上がり、足が勝手に前に踏み出した。

古い友人に再会したかのように。あるいは懐かしい家族と抱き合おうとするように。

おれは異形へと歩み寄り、その黄色い輪郭《りんかく》を撫でていた。

意外や温かい粘液。その中に、おれの手がすーっと沈んでいく。溶かされる！　壮絶な痛みを覚悟して、けれども何も訪れない。冷静な身体とは裏腹に、おれは戸惑っていた。

何故おれは無事なのか。何故おれの身体は、そうと知っているのか。

ましてや、今にもおれを呑まんとしていた異形。

それが、ぴたりと止まったとあれば。

半端なところで凍りつくさまは、ぜんまいの切れた玩具にも似て。毒々しい黄の発光が絶えるさまは、燃料の尽きた街灯にも似て。

些細な誤解だった――そうと言わんばかりに、怪物は無形の身体を引いた。ぺしゃりと平たくなって、けぶる緑の中へするすると帰っていく。

おれとレオニートを置いて。

「何をしたのですか……、リョウ」

応える代わりに、おれはへなへなと腰を抜かした。

静寂に戻った草いきれに、たった二人きり。雪虎に襲われた仔鹿のようにして、寄り添っていると。

「もしもーし。学生さんたち、無事ですかー？」

おっとりした声音に、二人揃って頭上を仰いだ。

優しげな垂れ目。覆布《マスク》越しに透ける微笑。細腰に差す打診棒はさながら戦女神の聖剣。しゅるしゅると縄を操って降り立たれるは、麗《うるわ》しの看護主任であった。

「まあー、貪食粘菌に襲われた？」

二人競い合って訴えると、主任はのほほんと驚いてみせた。

「よく御無事でしたねー。貪食粘菌は、皮膚常在菌林のお掃除屋さんです。皮膚に落ちたごみを食べて、綺麗《きれい》にするんです」

そこに不敵な笑いが降りかかった。

「〈掃除屋〉という名の〈殺し屋〉とも言えるがな！」

今度はニーナ氏だった。宙で不敵に腕を組み、天地逆さまになっている。背に結わえた綱で、積み荷よろしく降ろされるうち、ひっくり返った模様だ。

なお、レオニートは「ごみ」と呆然と呟いている。おめでとう、坊ちゃん。今日が生涯初めて、ごみ扱いされた日なんだな。

「もー先生ったら。来ないでくださいねってあんなにお願いしたのに。引き上げる人数が増えるじゃないですかー」

「そう邪険にするな、親愛なる看護主任どの。見るがいい！」

氏は手中のものを高々と掲げた。猟銃らしき器具に、液体入りの瓶が装填されている。その名も〈ステライダフ銃〉。貪食粘菌除けの消炎剤と、氏は誇らしげに構えるが。

「あらー、邪険だなんて。邪魔なだけですー」

安心しろ、レオニート。おれたちの師匠も今、ごみ扱いされたぞ。

「それ、打っても駄目ですよ。ひぐま《ミシャ》に麻酔銃を使うのと同じで、時間がかかりすぎます。却って刺激して、仲間を呼ばれかねませんし。逃げた方が早いです」

よって人数が多い、即ち退却の時がかかるほど犠牲も増えるという。

「先生がたって頭はいいけど、現場の感覚はご存じないんですよねー」

「これはこれは。お褒めに与り光栄だ」

どうやら氏の耳に入ったのは、『頭はいい』の部分だけらしい。

「ディドウスは先日まで、ステライダフを塗布されていた。皮膚の防衛機構は現在全体に鈍化している。ゆえに薬銃でも充分効くと判断した！

——結果として、不要だったようだが」

銃口が下げられた。代わりに、赤の目がおれに当てられる。

「お前が貪食粘菌を退けたのだな？　ヤポネの少年よ」

紅玉髄《カーネリアン》の瞳に映し出されて、だがおれは頷きかねた。何故ならおれは何もしていない。

ほんの少し触れたら、相手が勝手に退いていったのだ。

そう告げると、氏の瞳孔《どうこう》がきゅっと縮んだ。

「ほう。お前は拒絶されなかったか」

証拠を写し取る寫眞機《フトグラ》のような目に、おれは自らの記憶を呼び起こした。

——キョゼツスルナ。

あの異形に、おれは確かにそう呼びかけていた。

「貪食粘菌は、竜の皮膚に落ちたごみ、つまり異物を排除する防御機構の一部なのだよ。

これを〈免疫系《イムノテト》〉という。それをお前は〈回避〉したのだ」

おれは困惑して押し黙った。代わりに、レオニートが問う。

「その仰りようは、まるでリョウが相手だからこそ、貪食粘菌が退いたかのような」

「そうだ」氏は当然の如く言う。

「では仮に、先に触れたのが、僕だったなら……？」

「今ここに立っているのは、こいつ一人だったろうよ」

氏に顎で示されて、おれはびくりとも動けなかった。猛烈な渇きに、咽喉が張りつき、声も出ない。この先に続く話が、己の根幹を揺るがすと予感していた。

「どうした、リョウ・リュウ・ジよ。まさかお前は、何も知らずに〈免疫回避〉を為したとでも言うのかね？」

竜について語るのと同じ口調で、ニーナ氏は告げる。

「考えたまえ。お前たちヤポネの民が、いったいどこから来たのかを――」

「――あんた、いったい何者？」

おれがぼんやり考え事に浸っていると。

少女リリの顔が突如、視界に飛び込んできた。

「学校中あんたの話で持ち切りよ。貪食粘菌に襲われたんですって？　なんで無事なの？　ステライダフ銃でも持ってたの？　っていうか、うろこの森ってどんな感じ？」

「なんだよ、いきなり」

おれはリリを押しのけようとして、ずきんと響いた背中の痛みに、あえなく呻《うめ》くだけに終わった。

初の登竜日から早や七日。うろこから落ちた衝撃に、打ち身や切り傷を全身に拵えて、おれは昨日までずっと寝込んでいたのだ。ほんの今朝がた、これではいかん、とやっとの思いで起き上がったところだ。

だって考えても見てくれ。勤め始めて早々、予定の確認不足で早退したうえに、怪我を負って七日連続欠勤なんて。おれが雇い主なら即刻クビにする。ましてや、ヤポネの身だ。やっぱり信用ならないやつだと思われかねない。

そんなわけで、おれは起きて早々、ここ学生食堂まで這ってきたのである。

料理長《シェーウ》は仕込みの最中だった。おれが死にかけの鵞鳥《グーシ》のようにヨタヨタと現れると、あきれ顔をしたものだった。

『あんたは馬鹿かい』

巨大な鍋を掻き回しながら、料理長は一言仰った。なお鍋の中では、雉《きじ》のがらや玉葱《リユク》、芹菜《セルデリ》が、あぶくとともに踊り狂っていた。

『爺さんのうろこから十数馬身《サジエ》は落ちたって聞いたがね。もう動けるのかい』

『ゆっくりとならっ』言いつつ、痛みで息が詰まる。『どうか、仕事を、ください……』

『医者が働いていいって言ったのかい?』

『……いえ……』

とりつくうろこもない。

ここでいう『医者』とは、人間用のそれ。しかし言われた通りに十日も臥《ふ》せっていたら、仕事は失い、学業は滞り、借金が増える。

大損だ！

なんでもします、と食い下がるおれを、料理長は横目で睨んだ。黙って巨大な鍋を持ち上げたかと思うと、中身を手際よく裏漉《うらご》ししていく。容器に張った布の上に雉肉も野菜も全て取り残され、濁《にご》りの無いスープだけが落ちていった。

『本土出身のやつらがうるさいんだよ。ヤポネは嘘つきだ、雇って大丈夫かってね』

ぼそりと料理長は呟いた。万事休すかとおれは覚悟した。料理長がまな板の上の包丁を手に取ったので、命の覚悟も脳裏をよぎった。

『あたしの目利きに文句あるのかい、って言ったら黙ったけどね』出刃包丁がぎらつく。

『あんたも馬鹿だね。休む時は休むもんだ。寝かした方が美味くなる料理も山ほどある。生焼けの肉を喰って、腹を下したら世話ないね』

料理長にはきっと東国リエンタ人の血が入っているのだろう。表情に乏しい顔に、刃のように鋭い目尻が、凄味という香辛料となっている。そんなかたに包丁をぐいっと手渡されたので、おれはまた、自分の腹をかっ捌いて詫びろという意味かと思った。

『研ぎな』

ぶっきらぼうに料理長は命じた。

『それでも働き足りなきゃ、倉庫の鍋でもゆっくり磨いているんだね』

別に急ぎゃしない——暗にそう言い置いて、料理長はさっさと仕事に戻っていかれた。その逞《たくま》しい背中へと、おれは抱きつきたい衝動にかられたものだ。包丁を持っていたので慎んだけれども。

そんなわけで今、おれは厨房の裏手に建つ、古ぼけた倉庫に詰めている。大事な包丁をいの一番に研ぎ終わって、さて次の仕事にとりかかろう、とした矢先。

リリがいきなり現れた、というわけだった。

「授業はどうしたんだよ、お前」

押しのけるのは諦《あきら》め、おれはなるべくつっけんどんな口を利いた。けれどもこの少女を相手に、口で勝負するのは得策ではなかった。

「あんたこそ」リリは椅子を引いてきた。居座る気だ。「なんで働いてるのよ？　動けるなら学校行きなさいよ。あんた小等学舎から始めるんでしょ。すごいわね、ざっと十年分の補習よ。一日でも早く進めなきゃ、卒業する頃にはお爺さんになっちゃうわよ。

ていうか、あんた何歳？　あたし十二歳」

知ってるよっ。

そう返したいところだが、余地がいっこうに生まれない。

「小等学舎かぁ。懐かしいなー」リリは机上の鍋を勝手にどかすと、頬杖を堂々ついた。

「二年しかいなかったし、授業は退屈だったけど。あ、算数は割と楽しかったわ。試験の用紙の裏に、好きなこと好きなだけ書いていいのよ。いっぱい書いたら褒めてくれたわ。レイラ先生よ、まだいらっしゃるでしょ。お元気？　そうだ、授業で分かんないところ、教えてあげてもいいわよ。試験に出たところとか、まだ覚えてるもの」

「いらんっ」

おれはやっと口を挟んだ。

「だから、お前は何しに来たんだよ。小等学舎が恋しくなったのか？」

「違うわよっ」相手は頬を膨らました。ちくりとやったら破裂しそうな丸さだ。「あんたの話を聞きに来てあげたのよっ。どうせ話す相手もろくにいないんでしょ」

ははあ、とおれは悟った。こいつは今、自分のことを言ったのだな。

新入生の平均年齢は毎年、十六歳から十九歳ぐらいという。今年はリリやレオニートが若干押し下げているが（あいつは十五歳。そう、あの長身でなんと、おれより一つ年下！　立つ瀬がないとはこのことだ）、後はだいたい例年通りだ。

リリから見ればつまり、四歳以上は年上のお姉さまがたばかり。一緒に授業を受けても話題は合わないだろう。おまけに初の登竜日に、リリは真っ正面から喧嘩を売ったわけで、仲良くするには最悪の出だしとなったはずだ。

待てよ。とすると、おれにも責任の一端があるんだろうか。

我が身を振り返る間にも、少女は勝手に話し続ける。

「本当シッケイよね。十二歳でも、お化粧の話ぐらい出来るわよ」

ちょっぴり拗《す》ねた声だった。

「あたしのお母さん、お化粧すっごく上手だもん。あたしも教えてもらったから、少しは出来るのよ。素敵なお店だってたくさん知ってるのに、『リリちゃんはお化粧なんていらないでしょー?』ですって。

なによっ。すっぴんで登竜するわけないでしょ、日焼けしちゃうじゃない!」

いったい誰に憤っているのやら知らないが、要するに、とおれは心の中で察した。

この少女には、友達がいないのだ。

「もっとも、あたしはディドウスに登れなかったけど」

またしても頬がぷっくり膨れた。

「規定の身長に達さないと登っちゃダメなんですって。おかしいじゃない? お母さんと一緒に、赤ちゃんの時から何度も何度も登ってきたのに。少し大きくなって、お母さんに負ぶされなくなったら、反対に登れなくなるなんて！」

「そりゃおかしいな」

おれは頷いた。規則ではなく、お母さんの方に。

「あたし、あんたとはあんまり変わらない気がするのよね」矛先が急にこちらを向いた。「ね、身長いくつ？　あんたみたいにちっちゃくっても、うろこの森を探索できるなら、あたしでも大丈夫と思わない？」

「ちっちゃいゆーな」

おれは己の自尊心のため抗議した。自分よりチビに言われたくない。

だが実はおれも規定の下限ぎりぎり。リリのように十二歳なら待たされたところだが、ヤポネ人の骨格上これ以上伸びないという判断のもと、登竜を許されたのだ（つまり生涯ちっちゃいと宣言された）。

「こっちは大変だったんだぞ。死にかけるわ、大怪我するわ」

「でもお手柄だったじゃない」少女は意に介さない。「初登竜にして、うろこの森の探索、貪食粘菌との対決と生還。おまけに、寄生生物アバドンの巣まで見つけたんでしょ。ね、どうやったの？　やっぱり、そのヤポネの目？」

その通りだ。いったいどこまで筒抜けなんだ。これはきっと、ニーナ氏が言いふらしているのに違いない。

あの日ヤポネについて語った後のこと。ぼんやり目を押さえて思考の淵に沈むおれに、氏は無茶な要求を突きつけたものだった。

『せっかく〈秘境〉に降りたのだ。そのヤポネの目で、何か見えんかね』

今思い返しても、なんて雑な言いよう！

何かとはなんだ、とおれは思ったものだ。強いて言うなら、何もかも奇妙だったのだ。うろこの森では、全てに熱が奔っていた。樹木のような皮膚常在菌林にも、岩石のようなうろこにも熱が数珠《じゅず》状に繋がり、巨大な蒸気機関の導管のようで――

『導管、ですか？』レオニートが前髪をきらめかせた。『うろこは角質で出来ています。血管や神経などの構造物は存在しないはずですが』

『そうなのか？　でも』ヤポネの目に映るものを、おれは指先でなぞってみせた。『ああしてトンネルみたいに――』

そこで、不気味な笑い声が隣で上がった。

『よくやった、研究生第一号！』

ニーナ氏である。

『竜のうろこのトンネルと言えば〈疥癬トンネル〉。〈虫の禍〉アバドンの巣だ！ お前たちが乗って崩落したうろこだがな。単なる生え変わりならば、根もとから抜けるはずのところを、ぼろぼろと崩れていったのだよ。さては、中身がすかすかになる何かが起こったなと睨んでいたのだ。

かくして我が予見は的中した。検体採取と行こうじゃないか！』

おれは今も信じている。いち早く〈秘境〉に降りてきた氏だが、おれたち生徒の救護は二の次だったに違いない。本当はアバドンを探しに来たのだ。いや、なんなら降りることそのものが目的だったのだろう。

なんでもうろこの森への降下は厳しく制限されているらしい。人間は竜にとって異物。みだりに踏み入っては人竜双方にとって百害あって一利なしだからだ。

そのはずなのだが、うろこに降りたがるのは、ニーナ氏だけではなかった。うろこからアバドンを採取するため、他科の協力を仰いだが、これがまた激しい争いを生んだ。特に〈竜皮膚科〉と〈竜整形外科〉の諍いは筆舌に尽くしがたく。

「いいなー」

少女リリもまた、おれの災難を聞いても、羨《うらや》ましがるばかりであった。

「あたしも早く登竜して、うろこの森に降りたいわ」

おれは天井を仰いだ。とんだ世界に飛び込んじまったと憂《うれ》える。〈秘境〉の話ではない。かくも危険な竜の神秘を好き好んで探究する、奇人変人の巣窟の話だ。

「そもそも早く大人になりたいわ、あたし。子供は気楽だなんて大人は言うけど、子供の世界ってなかなかしんどいわよ」

リリは大げさなため息をついた。共感を求めるような響きだった。

「〈竜ノ巣〉いちの才女なんて持て囃《はや》されても、いいこと一個もないわ。同年代の子とは話してもつまんないし、飛び級したら今度は子供扱いされるし。身体が小さいだけで随分不当なものよ。ね、あんたもそう思うでしょ？」

おれは、うぅんと曖昧《あいまい》に唸った。もしやリリは、おれが彼女とおんなじような年回りと思ってなかろうか。だからわざわざおれを探して、この倉庫まで来たのでは。

おれはお前より四つも年上だぜ。そう言おうとするも、ふと言葉に詰まる。

化粧の話に花を咲かせる女学生の輪に、なんとか加わろうと頑張ったものの、すげなく追い払われる少女リリ。そんな様子を思い浮かべて、うっかりちょっぴり侘《わび》しくなった。

「まあ、その、なんだ」

勝手に喋り続ける少女を、追い出す気にならず。

おれはせめて彼女の口を塞ぐべく、平和な手段を選択した。

「昼飯、――喰うか？」

「……何をされているのですか、お二人とも……」

か細い声に顔を上げれば、レオニートだった。

鍋磨きをいったん中断して、おれとリリは昼食に勤しんでいた。そこに、倉庫の古戸が開かれたのだ。今朝も臥せっていた彼は常にも増して肌が青白く、春の日差しを浴びつつ戸に寄り掛かるさまは、淡雪さながらに儚《はかな》げである。

「やっと起きたのかよ」

おれが手の中のものをすすると、やつは「うっ」と口を押さえた。なんだよ、その信じがたい目つきは。ここが一番、美味いんだぞ。

料理長が今朝、炊いていた雉のがら。それを丁寧《ていねい》に割った中身――骨髄《こつずい》だ。

「野蛮ねっ」

リリが悪態をつきながら、楽しそうに骨を割る。だんだん上手くなっていた。

「骨髄の血をすするなんて、吸血鬼《ウピール》みたいだわっ」

くすくすと笑いっぱなしのところを見ると、お気に召したらしい。彼女の前の皿には、割った骨の残骸がちょっとした小山を築いていた。

なお、これはほんの余興だ。昼食は別途調理中。この倉庫は小さな厨房があり、好きに使っていいのだ。料理長に今朝のスープの出汁がらを頂いてきて、肉と野菜を米と一緒に炊いているところ。出来上がりを待つ間、残りの骨を楽しんでいたというわけだ。

「なんだよ、坊ちゃん。血を食べるなんて、血の腸詰め《クロヤンカ》と一緒だろ」

「そうよ。美味《おい》しいわよ。一つ割ってあげましょうか」

「遠慮します……」

今にも絶えそうな声で、彼はしゃがみこんだ。坊ちゃん、という呼びかけに反応しない辺り、相当弱っているらしい。だから、日頃から喰えと言うのだ。

第一、こいつにたいした怪我はない。あの高さから落ちながら、擦り傷を拵えただけという超人ぶり。そのくせ何故か、おれより長く寝込んでいる。お医者が寮に現れて、おれの手当てをするたび、まるで自分が大怪我を負ったように悲痛な声を上げていた。

そんな彼が、ここに何をしに来たのかと思えば。

「ニーナ先生から寮に伝言が届けられたのです」

レオニートは倉庫の扉から頭を突き出し、中の空気をなるべく吸うまいとしていた。

「〈竜医大〉に出向けとの御命令です。今、図書館にいらっしゃるそうです」

「ニーナ先生が?」リリが骨髄をすすれば、呻き声が上がった。「変ね。ディドウスは今、アバドンの駆除中よ。治療の目途が立つまで、科活動はないはずだけど」

確かに不穏である。けれども、おれの意識は今そこになかった。

「ここ、図書館があるのか⁉」

「そりゃあるでしょ」リリが変な顔をした。「学校よ？　ない方が変だわよ」

そうなのか。学校って素晴らしいところだ。しかも図書『室』ではなく『館』ときた。

孤児院時代、自分の心臓の鼓動にびくびくしながら、極夜の月明かりを頼りに忍び込んだ魅惑の部屋。それが幾つも連なっているのだろうか。

すっ飛んでいきたいところだが、ちょうど雉肉と野菜の炊き込み御飯が完成したので、踏み留まる。肉の出汁と塩胡椒、月桂樹の葉だけの簡単な味付け。それでもこれは食堂に出せる出来栄えではなかろうか。

「ヤポネの目って、火加減を見るのに便利ねぇ」

リリが妙に感心していた。

骨の散らばる机に、レオニートは断じて近寄らない。それを横目に、二人でご飯を掻き込む。ものの数長針《ミヌト》で平らげ、もう数長針ですっかり片づけると、おれたちは解散した。リリもついてくるかと思ったが、「午後の授業には出なきゃ」と少女は呟いた。どうやら、午前の授業をすっぽかしてきたようだった。

「ね、あんた、さっさと正規の学年に上がってきなさいよ」リリは偉そうに鼻をならした。「じゃないとあたし、どんどん進級しちゃうわよ。座学ならいいけど、実習は知り合いがいないと不便よ。一緒にやる相手を見つけるだけで時間を喰うんだから。先生が見かねて割り振ってくれるけど、実習中グチグチ嫌味を言われるし」

また自分のことを言っているなと、おれは心の中だけで呟いた。

「言われずとも、よ」おれは少女に、さっさと行けと手を振った。「長引けば長引くほど奨学金《しゃっきん》がかさむからな。最短で上がってやらぁ」

少女の顔がぱっと明るくなったところで、おれは戸口にしゃがむ男の襟首を摑んだ。

「おら、行くぞ」

この倉庫が建つのは、学生食堂と寮に挟まれた庭だ。とさかまで黒い炭鶏が放し飼いにされており、クックルクーと咽喉を鳴らしながら地面をついばむ。彼らの横をすり抜け、銀葉グミの樹々の間を歩いて、裏口から大通りへと出た。

大通りはどこまでもまっすぐだった。風が街路樹の枝先を揺すれば、新芽がきらきらと翻《ひるがえ》る。木漏れ日の躍る地面を踏み、道端の野花を楽しみながら、ゆるゆると歩いた。

「やぁ、今日は夕方から雨ですね」

レオニートが日差しに手をかざした。さっきの悲壮な振る舞いはどこへやら、彼は倉庫から遠ざかるごとに活き活きとする。それにしても妙に確信ありげに言い切ったものだ。

「ほら、ディドウスから雲が湧いていますでしょう」

促されるまま、街路樹の枝間を覗く。まっすぐ敷かれた道の、ずっと東に辿った先に、大地が真紅に燃えていた。〈炎ノ谷《ダリーエ・オグニーャ》〉だ。穏やかな青天の中、谷の中心だけ、確かに銀色の雨雲が湧いている。

霧雨の中に、深緑の老竜が首を伸ばしていた。

「あれじゃあまるで、ディドウスが雨を降らせているみたいだな」

「事実そうですよ」

レオニート曰く、竜のうろこの森が雨を呼ぶというから、驚きだ。

竜の皮膚常在菌は胞子を放つ。竜が動くと、この胞子が大量に空へ舞い上がる。これが水の粒子を大変よく纏《まと》うため、竜の上空では雲が湧き、雨が降るのだそうだ。

田畑を耕して生きる限り、人は竜のもとにある運命だ。たとえ竜のげっぷ一つが大地を焼き尽くし、痒み一つが飢饉を生もうとも。

「はらいたを起こした日には、地震でも起きそうだな」

「起きますよ」柔らかにレオニートが首肯《しゅこう》した。「竜は温かいところを好み、まま火口に巣を構えます。竜の地団太が地底を揺るがし、眠れる火山を呼び覚ますことが」

「大災害じゃねえか」

小雨に涼む老竜が、大きくあくびをした。巨大な口の中に、雨雲がするすると呑み込まれていく。と思えば鼻から、ふうーっと潮の如く吐き出された。輪になった雲を指差し、二人して笑った。

変なものだった。竜のふもとは災害と隣り合わせの恐ろしい土地だ。なのにどうして、こんなにも居心地良いのだろう。やはり、ヤポネの血が為せる業だろうか……ニーナ氏の言葉を思い出し、おれはいつしか物思いに耽《ふけ》っていた。

「――リョウ、着きましたよ」

甘い声に、おれは我に返った。気づけば既に、目的の建物に入っていた。

「見事でしょう？」レオニートがお茶目に囁いた。「これが我が医師団の誇る図書館です。この〈機械式書庫〉は、世界最大規模と謳われています」

おれの返答は、喘ぎに消えた。こんな光景はまったく想像していなかった。

眩暈を覚えるほどの大空間。

そこに、幾百もの本棚が浮かんでいようとは。

さながら巨大な天体模型だ。螺旋《らせん》の鉄階段が天井までそそり立っており、そこから鉄の腕が何百と伸びて、本棚の惑星を数多支えている。

階段には踊り場が随所にあり、基盤が添えられていた。学生がそこに立ち、書籍の番号だろうか、何かを打ち込んだ。途端、歯車が一斉に回り始めた。鉄の腕が伸び縮みして、上下左右に入れ替わり、やがて目的の棚が最前列に現れる。

「今ここに見える本は、ほんの一部だそうですよ」

呆然と仰ぐばかりのおれを、レオニートが朗らかに笑った。

「階下には数百倍もの書籍が収蔵されています。本の番号さえ分かれば、この機械が取り出してくれるというわけです。素晴らしいでしょう？」

おれは答える代わりに、胸いっぱいに空気を吸った。

鉄と機械油のにおい。インクと紙のにおい。

おれは死ぬのかな。ふと、そんなことを思う。数か月前まで、おれは本に触れるたびに罰を覚悟したものだった。こんな幸せを前にして、死神の含み笑いを聞いた気がする。

いや、確かに聞こえる。

「待ちかねたぞ、我が研究生たち！」

ニーナ氏であった。見れば鉄階段をずっと上ったところの、本棚が唯一固定されている天井付近の露台《バルコーン》に、真紅の人影があった。

「なんだね、その不服そうな顔は。さあ早く上ってきたまえ！」

氏の声が吹き抜けにわんわん響く。地上で静かに本を広げていた人々が、騒音のもとを確かめんと顔を上げた。けれども鉄階段の頂上に真紅を認めると、諦めたように目を本に戻していく。

彼らの沈黙に、早く傍に行って黙らせろという圧をひしひしと感じた。おれたちは観念して、鉄階段を上り始めた。大小の歯車がきりきり噛み合い、本棚が回転する中、やっと辿り着いてみれば。

ふんぞり返る氏の、背後にそそり立つものを見た。

「これか？」氏が振り仰げば、それはぐらりと揺れた。「竜のカルテだ」

曰く、堆《うずたか》く積まれた書籍は全て、世界の竜たちの診療録という。つまり竜の歴史の、ほんの一部だ。たとえ、おれたちをひと雪崩のもとに圧殺できる量であろうとも。

「調べものをしていたらな、いつの間にかこうなった」

明らかに現況の元凶であろう人物は、やれやれと肩をすくめた。

「司書どのに助けを求めたが、忙しいと断わられてな。代わりにお前たちを呼んだのだ。さあ、我が研究生よ。これも修行である。片づけたまえ！」

「せんせーい」

春の夜もとっぷりと更け、人気の失せた図書館に、甘ったるい呼び声が反響した。

「まだ調べものですかー？　もう帰りますよー」

看護主任さんだ。いつも一緒に帰っているの？　という問いが浮かばないほど、おれは消耗していた。

ぐちゃぐちゃに交ざったカルテの仕分け。束ね直した書類の、ずっしり腰に来る重み。棚までの無限の往復。それを痛みの残る身でやり遂げたのだ。

最後のカルテを片づけ、床に突っ伏しつつ、おれは心底悔いていた。始める前に、氏と契約を交わしておくのだったと。せめてカルテ一冊につき、黄銅一枚。十冊で青銅一枚になる。百カルテ白銅一枚を稼いだ日には、学生食堂でなら一月は食べ放題。最高級の羊のあばら肉だって買えたのに！

……虚しい皮算用はこの辺りで止めとこう。

ニーナ氏を引き取ってくれる方が現れたのだ。この機を逃してはならない。

「先生……お呼びですよ……」

「うん」

学生にただ働きさせる傍ら、氏は机に紙を広げ、ずっと何かを書き込んでいる。

「うん、じゃあないでしょー」

しびれを切らしたか、看護主任がさっさと階段を上がってきた。私服姿だ。カランバス伝統の、花の刺繍をあしらったふくら袖。ふんわり揺れるスカート《ユープカ》から、うろこの山道で鍛え抜かれた脚の、鋭角に切れ上がったふくらはぎが覗く。

あぁ婦人服姿も素敵だ。通り過ぎた主任から石鹼の香りが漂って、おれは心を洗われた心地になった。もっとも主任に一番お似合いは、なんといっても登竜服だ。うろこの森に落ちたおれたちを助けに来られた時の、あの頼もしいお姿は忘れない。

体力が求められる〈看護部〉にあって、ベッドメイカーは傑出した剛腕揃い。おのずと筋骨隆々の男たちが居並ぶ中、主任は数少ない女性隊員だ。それでいながら部を統率する立場とあって、すれ違う人が皆、主任に崇拝の眼差しを向けている。

その主任はどういうわけか、ニーナ氏の率いる〈血管内科〉に所属している。看護師は〈看護部〉としての活動の他に、おのおの専門科に属する決まりだ。主任ほどのお方ならどんな科でも引く手数多だろうに、何を好き好んで、この奇人のもとにいらしたのか。

「うん、もうちょっと」

腕を引かれても、氏は動かない。「もうっ」と怒る主任の姿も可憐だ。

「いくら図書館が終日開いているからって。司書さんに怒られるのは私なんですよー」

「気にせず帰ればいいじゃないか」

「何を言うんですか。先生は車をお持ちじゃないでしょー」

「〈カテタル号〉があるさ」

どうやら、ニーナ氏の金欠ぶりは本物だ。自分の車もないなんて、医師は高給取りではなかったのか（なお〈カテタル号〉は車の名に値しない）。おれの返済計画に支障が出るので懐事情を詳しく知りたいが、今日のところは解散といこう。

「おい、レオニート」

密やかに退避すべく、隣のやつへと呼びかけて、おれは思い出した。この書庫から引きずり降ろしがたいのは、ニーナ氏だけではないことを。

「リョウ、御覧ください」レオニートは目を輝かせている。「隣国の竜たちのカルテです。とても面白い！」

実はこいつはおれの半分も働いていない。紙の塔の陰で静かにしているなと思ったら、黙々とカルテを読み耽っていたのだ！　誠実そうな顔をして、たいした裏切り者である。

おれは憤然と、やつの手からカルテを取り上げた。

一番上は南の隣国モルビアの雌竜〈ユラン〉のカルテだ。ディドウスに次ぐ古き竜で、数十年前に亡くなった。高齢ゆえ徘徊《はいかい》がひどく、たびたびカランバスに越境してきたが、主治医の言葉は素直に聞く、穏やかなお婆さんだったとか。

次の西国ウラーナの雄竜〈ネメクト〉はだいぶん若い。暴飲暴食が祟って痛風に罹《かか》り（深海の巨大イカ《クラケン》の食べ過ぎが原因）、飛行が苦痛になった。仕方なく降りた先で検査し、糖尿病も発覚。一年に白鯨数匹という、厳しい食事制限に音を上げがち。

東国リエンタの——

「ね、面白いでしょう?」

レオニートの弾んだ声に、うっかり読み込んでいたことに気づいた。

「仕舞うために確かめただけだ」と言い訳がましくごまかす。「だいたい、よその竜より、まずはうちのディドウスのカルテだろ」

「あ、それはもう覚えました」

愚問だった。しかも覚えたときた。放っておけば、やつは世界中の竜を覚えるだろう。そこまで付き合いきれないので、本棚を呼び出してカルテを戻してやった。

「あっこら、新しいのを出すな、坊ちゃん!」

「この一冊だけですから」

おれたちの言い争いが、吹き抜けをわんわんこだまする。女性たちも押し問答を続けているし、おかげでおれたちは近づく足音に気づかなかった。

「読書は静かに願いますよ、皆さん」

焼き立ての黒糖パン。その優しい甘さが喧騒を押し包む。おれたちがさっと居住まいを正す中、ニーナ氏は机に胡坐《あぐら》をかいたまま、片手を上げた。

「おぉ、マシャワ団長。おいでなすったか」

この非礼に、団長はおおらかに笑んだ。

「まるで私が来ると見越していたかのようですね、ニーナ先生」

「さてな」氏は不敵に笑み返した。「ただこんな夜更けに、団長が直々にお出ましとは並々ならんな。悪鬼アバドンが復活でもしたのかね？」

冗談めいた問いに、団長の微笑がすっと絶え、声音は焼け焦げたように変化した。

「その通りです」

その一言を待っていたように。

図書館の扉が開け放たれた。

登竜用の鋲入り靴の、かんかんと切迫した音。それが幾十と、螺旋階段を駆け上がる。

気づけば、おれたちはあっという間に、白衣の面々に囲まれていた。

団の各科を率いる、医師たちである。

「〈竜皮膚科〉より緊急速報です。先ほどアバドンの成体が多数、確認されました」

口火を切ったのは、竜皮膚科長ゼヤンダだ。

「〈竜疥癬症〉の再発で間違いありません。これは異常事態です。投薬後、たった七日で再燃した報告例は過去に例がありません」

団長と同じ〈太陽ノ民〉だろうか。黒豹《パンテーラ》の毛皮もかくやの、黒褐色の肌輝ける女性だ。舌を強く巻く、南方訛りが艶っぽい。故郷の陽光を思わせる金縁眼鏡を、くいっと上げるさまは凜々《りり》しかった。

いや、恐ろしかった。

「それもこれも、我ら〈竜皮膚科〉の診療を、日曜大工が邪魔立てしたためです！」

獲物を組み伏す黒豹のように、ゼヤンダ科長は身を翻した。

漆黒の指を突きつけられたのは、筋骨隆々の大男――〈竜整形外科〉イゴリ科長だ。

「日曜大工だと！」

沽券に関わったのか、イゴリ科長は口ひげを戦慄《おのの》かせた。ウラーナ人らしい桃色の肌に、明るい茶髪。北方の民らしい長身。美男にも思えるが、白衣のはちきれんばかりの筋肉と背に負う電動錐《ドレル》が、全ての印象を凌駕《りょうが》していた。

「如何に貴女でも、聞き捨てならぬ暴言！　硬いうろこからアバドンを捕獲できたのは、我ら〈竜整形外科〉の働きあってこそ。保湿、保湿ばかり言う、軟膏《なんこう》頼みの〈化粧科〉に言われたくは――」

これは大失言であった。

竜皮膚科長ゼヤンダの目尻が、診療刀の如く切れ上がる。

「そうして『たかが皮膚病』と侮《あなど》り、観察を怠《おこた》ったのではありませんか、イゴリ？」

低い声でそう詰め寄られて、イゴリ科長は首がなくなるほど縮こまった。

「骨と筋肉を切って接ぐ。それしか興味がないから、日曜大工と言ったのです。薬の扱いすらも、貴方がたは雑でしょう。以前に〈千年肩〉を訴えたディドウスに、鎮痛薬を限界まで投与して胃潰瘍を誘発しかけたのは、いったいどこの科ですか！」

うっと整形外科長が詰まった。知識がないので、おれには仔細は分からない。けれどもイゴリ科長が劣勢なのは見て取れた。

怒れるゼヤンダ科長の後ろでも、喧々諤々《けんけんがくがく》の議論が勃発していた。

「アバドンが駆除薬の耐性を獲得したとか？」

「そんな例は見当たりません」

「生息数が通常よりも多くて、薬の量が足りなかったとか――」

「病理検査では、ごく普通の生息密度でしたけどね」

医師たちの下げる名札には多様な科の名が躍る。〈竜消化器内科〉や〈竜呼吸器内科〉など皮膚病とはおおよそ縁遠いものもあったが、皆が議論に加わっていた。

おれたち〈竜血管内科〉にも言えるが、〈竜ノ医療〉では専門外の科も診療に参加する。竜の身体は広大で、一科ではとうてい手が足りないからだ。全ての〈竜ノ医師〉は高度な専門性と同時に、どんな疾患にも対応できる万能性も有するのだ。

また医療人だけでことが完結しないのが〈竜ノ医療〉である。

「一刻も早く、駆除薬を再投与してくださいっ」

攻めの治療を声高に叫ぶのは、事務局長だった。

「我が団から、〈虫の禍《こうがい》〉を出すわけには参りません。国際問題です！」

これに感染症内科長が苦言を呈した。

「薬は使えば使うほど効くものではないのですよ。副作用も出ます。今回は初回投与から七日しか経っていません。血中濃度もまだ高いはず。様子を見るのが――」

「そんな悠長に構えるうち、アバドンが急激に増えたらどうするのですか！」

鬼気迫る形相で、事務局長は怒鳴った。

「近隣農地の住民から問い合わせが殺到しているんですっ。夏に向けて蝗害が発生したら、カランバス国民はこの冬、食べるパンがありません。

大飢饉《ゴロード》になります！」

彼の怒声は、全ての声を呑み込んだ。しんと静まり返る中、吹き抜けに彼の言葉だけがこだまする。ゴロード、ゴロー、ロー……

こだますらも絶えた時、ライ麦の香りの声が柔らかに問うた。

「ニーナ先生。何かお気づきではありませんか。アバドンを発見したのは先生の科です。何より――」

団長の柔らかなまなじりが、〈赤ノ人〉を見つめる。

「先生は、アバドンの再発を予言していた」

おれは目を見開いた。振り仰げば、レオニートも同じ思いだったようだ。いや、彼だけではない。この場の誰しもが、机にどっかと坐したままの氏を見つめていた。

「なに」真紅の唇が、緩慢に笑んだ。「少し疑問に思ったのだ」

氏は書き散らした草紙を集め始めた。

「アバドンは竜種につく。即ち、人間からは感染しえない。竜同士の接触によってのみ、アバドンは移るのだ。〈いなごの大群〉が起きた場合は例外だが」

〈いなごの大群〉、つまり〈虫の禍〉は、異常増殖したアバドンが相変異を来した状態だ。医学的には〈角化型疥癬〉と呼ぶ。こうなればアバドンは自ら空を飛んでくる。

「だが、爺さんはここ数年で一度も他の竜と会っていない。この〈竜ノ巣〉周辺に蝗害が起きたという噂もない」

真っ赤な手が、塩のように白いたなごころを閃《ひらめ》かしつつ、紙を並べていく。雑然とした線と文字の悪戯書きが、入子細工のようにみるみる繋がっていった。

やがて机の上に現れたのは、一つの大きな図であった。

過去に疥癬に罹った竜たちの名が星の如く散る。それらを結ぶ線は、彼らが移し合ったアバドンの流れだ。一つの交差もなく配置された美しい線描のうち、ぽつんとただ一つ、どの竜とも結ばれない名があった。

ディドウスである。

「さて」

机の上に立ち上がり、図を眺め下ろしながら、ニーナ氏は呟く。

「どこから来ているのだろうな――あの爺さんの病魔は」

ディドウスが咆《ほ》えている。

その遠雷の響きは昨晩、ほんものの雷と同化していた。ディドウスが生み出した雲が、夜の嵐を呼んだのだ。

老竜は苦しんでいた。

「よっぽど痒いんだな……」

おれがしみじみ呟くと、レオニートが神妙に頷いた。

「疥癬症の痒みは地上最悪といいます。それも夜に増悪《ぞうあく》するそうですから」

おれも彼も、周りの新入生たちも目を腫らしている。あの激しい夜啼《よな》きに寝られた者は少なかったようだ。一方、団員たちは慣れっこなのか、てきぱきと働いていた。如何なる状況でも必要な睡眠がとれること。それが医師団の重要な能力らしい。

新入生は今回登竜せず、見学を命じられた。事態は切迫しており、未熟者の世話は焼けないのだろう。崖の見晴台で、主治医班の後方に整列し、おれたちはディドウスを仰ぐ。

巨竜は不快そうに目を細め、低く唸り続けていた。

『ディドウス、ディドウス』

団長がなだめる。

『辛いのですね、分かりますよ。治療を始めてすぐが、最も痒くなりますからね』

ディドウスの唸りは止まない。脳を揺さぶる低音に、新入生たちが眩暈を訴え出した。中には吐く者もいた。誰かが「怖い」と震える声で呟いている。

めくれ上がった唇から、巨岩の牙が覗く。ひどく苛立つさまに、普段の彼の穏やかさを知る。彼の前では万物が紙細工に等しい。尾をひとつ叩きつければ、この崖の見晴台などあっさり崩れ去るだろう。

けれども怯むことなかれ。竜を救えぬ国は遠からず滅びる運命《さだめ》だ。竜の恵みなくして、人の繁栄なし。だから人は竜を診るのだと、〈竜ノ医療〉は説く。

知ったことかと、おれは思う。

「リョウ・リュウ・ジ」

ライ麦の香りの声が呼んだ。

「前へ」

待ちかねた。おれはすっくと立ち上がる。レオニートがそれに付き添う。団長のもとに向かうおれたちに、何が始まったのかと新入生たちがざわついている。リリが大きな目をますます大きくするさまが、視界の端に映り込んだ。

「心は変わりませんか」団長マシャワが穏やかに問う。「ディドウスは今、怒っています。この壇は彼の最も目につく場所。どんな八つ当たりをされるか分かりませんよ」

おれは決然と頷いた。

「見ます。見させてください。ディドウスの全身を。

――おれの〈ヤポネの目〉で」

心はとうに決まっていた。

図書館での科長たちの言い争いから、ずっと違和感を抱いていた。医療用語は難しく、議論はろくに理解できなかったけれど、肝心なものが欠けていると感じていた。

それが何か悟ったのは、寮に帰った後だった。窓を叩く雨音が強くなり、やがて雷鳴とともにディドウスの咆哮を聞いた瞬間、脳を強く揺さぶられた。

どうしてだろう。彼はこんなに啼いているのに、どうして。

「ディドウスが可哀相です」

誰もまず、初めにそう言わないんだろう。

「ディドウスは昨晩、全く寝ていませんでした。眠れないぐらい辛いはずです」

「そうですね」団長は慈愛深く頷く。「竜は毎晩眠るわけではありません。ですが疥癬を発症して以来、眠りの浅い日が続いています。そのため辛抱がきかず、気難しい。最近は意思疎通もおぼつきません」

「ずっとそんな状態が続いて、いいはずないです」

まんじりともせず朝を迎えたおれは、寝台から飛び降りるなり、レオニートに訊いた。

〈竜疥癬症〉は、命に関わるのかと。

答えは否だった。けれども彼はこうも言った。ひどい痒みのために動けず、眠れぬ日が続けば、認知機能に支障を来す。もし〈角化型疥癬〉となれば、肺炎などの他の感染症を併発したり、腎不全を起こしたりして、命を落としかねない。

ディドウスの怒りの咆哮が、おれの全身を打ちつけた。

そうだ。これは怒りだ。蝗害だとか飢饉だとか、竜の恵みだとか滅びだとか。耳に入る嘆きは全部、人間のものばかり。

「〈竜ノ医療〉は、竜のためのものですよね」

おれは団長に確かめた。

「おれは、ディドウスを治したい。そのために役立ててください、おれの目を」

これは今朝、ニーナ氏へと投げつけた言葉と同じだ。

喰ってかかるように言い放ったおれを、〈赤ノ人〉は笑った。だが馬鹿にはしなかった。団長に掛け合おうと約束してみせた後、真紅の唇が一言、ぽつりと零した。

「それでこそ、ヤポネの血を引く者です」

団長もまた、ニーナ氏と同じことを言う。

「よろしい。では御覧なさい、リョウ・リュウ・ジ。この主治医の壇は誰より竜を想い、竜の心身を俯瞰せんとする者にこそ、ふさわしい場所です」

主治医のみが立つ壇の上へと、団長は誘った。中央の書見台には冊子が置かれている。ディドウスのカルテだ。何百年と書き綴られてきた記録の、新たな白紙の一面が、おれの見るものを待っていた。

壇上に立ち、空を仰げば、ディドウスの顔が真正面にあった。

満月の瞳孔がごろりと動く。すがめるように目を細めた後、老竜は首を逸らし始めた。うろこが軋み合いながら、天へと流れていく。咽喉もとのうろこは葉裏のような白緑だ。雨上がりの柔らかな朝日に、それは燦然《さんぜん》と輝いていた。

「ディドウス、ディドウス」

団長を真似て、おれは彼を呼んだ。拡声器の存在は忘れていた。自らの声を腹の底から張り上げて、身体の震えを吹き飛ばす。

「おれの名は、リョウ・リュウ・ジ」

生まれて初めて、竜に語りかける。心臓が破裂しそうだ。その胸の高鳴りに確信した。

そうだ。やっぱり、おれは。

「〈竜よりいづる《ヤポネ》〉人だ」

きっぱりと、古竜に告げた。

「貴男の末の、お嬢《ドーチェ》さん。そのうろこの〈秘境〉に、おれの御先祖は棲んでいたそうだ。ドーチェが亡くなって、地上に降りてきたらしい」

昔々のそのまた昔。カランバスの建国以前の、〈赤ノ民〉の時代。

天より突然、若く美しい雌竜が、極北の大地に墜ちてきた。

彼女は謎の病に冒されていた。あと千年余りは雌竜の群れに交じり、天を回遊するはずだったのに、飛行が年々おぼつかなくなった。若さゆえに自身の主治医を持たぬ彼女は、父ディドウスと当時の医師たちを頼って、この地を目指した。

ところが病状が急激に悪化したのだろう。道半ばで彼女は墜ちた。頑強な身体のために死ぬことはなかったけれど、それが長い闘病の始まりだった。広大な雪の大地の、隅から隅まで余すところなく、彼女はのたうち回り、苦しみ抜いた。

ついに力尽きた地が、現在のカランバスの首都ドーチェだという。

『考えたまえ。お前たちヤポネの民が、いったいどこから来たのかを――』

ディドウスの森に落ちた日に、ニーナ氏は告げた。

カランバス建国以前、極北の大地を謳歌《おうか》した〈赤ノ民〉。へらじか《オリエーニ》を放牧し、針葉樹の森林にくろてん《クニーツァ》の毛皮を求め、白樺のそりで苔と氷の大地を旅し、ひぐま《ミシャ》の精霊を祀《まつ》ったという、古き民。

その記憶を継ぐ氏に、おれは自らの起源を示された。

『お前たちヤポネはかつて、雌竜ドーチェから降りてきたのだよ』

カランバスのヤポネだけではない。この世界の各地に散るヤポネは皆、かつて竜の上に住まい、竜とともに天を翔けていた。彼らにとって竜は主君であり故郷である。その竜が死ぬと二度と他の竜には仕えず、地上の人々に交じって暮らすのだ。

東の島国イヅルは、竜より降りたヤポネが集まり、築いた国だという。

『彼らは何故、竜を降りるのか。それは竜の乗り換えが困難だからだ』ニーナ氏は説いた。

『お前たちも出くわしたろう。竜の森には貪食粘菌を始めとした〈免疫〉が働く。これにより、異物は全て排除される仕組みだ。ヤポネ人は己の主の竜に適応し、〈免疫回避〉の能力を獲得しているが、他の竜に対しては一切無効なのだ』

『でも』

混乱しながら、おれは叫んだ。

『じゃあなんで、ディドウスの森は、おれを拒絶しなかったのですか』

『ディドウスの娘の民だからだ』

氏の赤い瞳が、興味深そうにおれを観察した。

『親子ゆえ、免疫の〈型〉が一致した。ゆえにお前は異物と認識されなかった。もちろんとんでもなく幸運でもあった！　たとえ親子でも、完全な一致は稀なのだよ』

『でも』

『信じられぬかね？』

氏は笑うと、その赤と白の指で、おれの目を指し示した。

『言ったろう。ヤポネは熱を見ると。なんのためだと思う？　竜の血流を把握し、視界の悪い竜の森にあって、滞りなく暮らすために進化したのだよ』

あの日おれは自らの目に触れ、考えに沈んだ。今日も老竜の前でおれは目に触れる。

自身を見つめ、また彼を見つめるために。

「見せてくれ、ディドウス。

――貴方を、治したい」

数千年を生きる竜に、ちっぽけな人の言葉がどこまで届くか。自信はなかったけれど、深緑の宝冠を戴く竜頭は、おれの話をよく聞き取らんとするように傾《かし》いでいた。

心を伝えて待つこと、数十拍。

老竜が動いた。

地獄の火焔《かえん》色の口が開いていく。放たれたのは、短い雷鳴の一言だった。竜語を知らぬおれにも、それが『是』の意味とはっきり分かった。

気怠《けだる》そうに伏せていた老竜が、ゆっくりと立ち上がる。うろこがこすれ合い、地鳴りの音を立てた。足もとに人がいないか気遣うようにして、彼はその巨体を横に向けていく。

尾のはるか先端が、天の雲を切り裂きながら、まっすぐに伸べられた時。

「ありがとう《ブラガーダ》」

おれは大声で告げると、ぐっとこめかみに力を入れた。

視界が急激に切り替わった。色の洪水が、目に押し寄せる。ちかちかと瞬《またた》く光の粒を、おれは一つ一つ丹念に追った。

浅いところのきらめきは、うろこに反射する陽の熱だ。そこここに散る粒は、登竜する団員たちの体温。はるか深部を流れる奔流の網は、きっと血液の流れだろう。

どれも違う。おれが見たいのはその間だ。熱の宿らぬはずの、そそり立つうろこの崖。硬い角質の中に巣くう、異物たちの熱だけを、おれは求めた。

「……見えるのですね、リョウ」

レオニートが、おれの真横についた。おれが宙を指でなぞり始めたからだ。

「アバドンの位置ですか」

「うん……」

おれは舌足らずに答えた。熱を読むのに集中していたのだ。だが突然、両目にずきっと痛みが刺さって、ヤポネの像がぷっつりと途切れた。

「どうしました」

咄嗟《とっさ》に両目を押さえたおれの背に、レオニートの手が当てられる。

「無理しないで」レオニートが肩を抱く。

「休みなさい、リョウ」団長が命じた。

「いいえ、見ます！」おれは目を押さえたまま、赤子のようにむずがった。「カルテに、書き写さないと――」

目をこじ開けると、痛みがまた走り、涙がどっと溢れた。駄目だ、なんにも見えない。懸命に拭っていると、しなやかな手になだめられた。

「どうぞ御心配なく」優雅な声が囁く。「覚えましたから」

純白に潰れた視界。その向こうで「模式図《シェーマ》はありますか」と声は問う。受け取ったのは紙とペンだろうか。さらさらと流麗な音が鳴り、やがて途絶えた頃、おれはようやく瞼《まぶた》を開けられるようになった。

目をそろりと開き、息を呑む。

書見台に据えられていたのは、ディドウスの体表を模した図面。そこに先ほど見ていたアバドンの熱の分布が、全て書き加えられていた。

「妙ですね」

おれの指の動きを完璧に記憶して、書き写す――そんな離れ業を成してみせた青年は、優美な手つきで老竜の図をなぞった。

「この辺りに、僕たちが落ちたうろこがあるのですが、この近くに、アバドンの巣が集中しています」

おれは図をまじまじ見つめた。ディドウスの横腹だ。この巨軀のどこにいたかなんて、登っていた当時からさっぱり分かっていなかった。

確かに、彼の言う通りだ。アバドンの巣が集まっている。ただ妙なことに、巣は綺麗にまっすぐ並んでいた。まるで皮膚の上に線を描くように。

なんだっけ、これ。おれは目をすがめて考えた。日頃よく見かける形だ。

「――掻き痕？」

ぽつりと零れたおれの言葉に、レオニートがはっと身を起こす。

二人揃って図に食らいついた。改めて見れば、アバドンの巣はどれも綺麗な線になって分布している。これは、とおれたちは深く頷き合い、団長へと向き直った。

代わりに目にしたのは、鮮烈な〈赤〉だった。

「ふむ。やはりか」

ニーナ氏だ。いつから主治医の壇に上がっていたのか。その堂々たる佇まいはあたかも女帝が玉座にあるが如くで、いっそ自然にも思えた。

「良くやった、我が研究生。ここからは医者の出番だ」

満足そうに、そして何より楽しそうに、氏は宣った。

「〈爪疥癬〉だ」

人の姿を保って死にたければ、ディドウスの四足からは距離を取れ。

そうさんざん脅してきたくせに、氏は巨大な前脚の上で、覇王の如く腕を組んでいる。その足もとには、氷山のように白い爪が弧を描く。ディドウスは置いているだけのつもりだろうが、その切っ先は硬い岩盤に深く沈んでいた。

『ディドウス、ディドウス。じっとして』

団長が拡声器で注意した。

当の老竜は琥珀《こはく》色の目を細めている。いつもよりずっと近くに人間たちが集まってきたので、どうやら嬉しいらしい。彼方の空で、尾が楽しげに揺れていた。

しっぽの先が、天の薄雲を掻き混ぜる。その揺らぎは巨体を伝って、前脚まで届いた。竜にとっては意識もせぬ微震だろうが、人にとっては嵐に揉まれる飛空船に乗ったも同然。下げろと命じられて、老竜の尾は渋々と大地に伸べられた。

「それで、ツメカイセンって何ですか」

うっかり氏を追いかけて、ディドウスの前脚に登ったおれは、老竜のくしゃみひとつで死にかねない現状に後悔しつつ、それを上回る好奇心に突き動かされていた。

「そのままだ。爪の疥癬症」

それは分かる。それしか分からないのだ。不親切な指導医の代わりに隣を振り仰げば、生き字引のレオニートが嬉々として答えた。

「アバドンがうろこでなく、爪に寄生したものです。爪も角質ですからね。人間でも稀にみられます。人疥癬の原因であるダニが、爪に巣くってしまうのです。そして――」

もしかして。おれは指をぱちんと鳴らした。

「その爪であちこち掻きむしると、皮膚にダニが移るんだな?」

「仰る通りです」

レオニートもぱちんと指を鳴らしてみせた。おれを真似たのだろうが、まるで別の動作のように華やかだった。

「爪の中は血管がありません。薬が届きにくいので、皮膚のダニを駆除した後もしつこく残ります。つまり」

「今回のお爺《ディドゥス》さんと一緒ってわけだ!」

おれたち二人は、ぱんっと手を高く合わせた。ちなみにおれだけ爪先立ちになったが、気分が良いので捨て置くとした。残る問題は、どの爪が病魔に冒されているかだ。

おれはこめかみにぐっと力を入れ、アバドンの熱を探らんとして。

「あれっ」

すぐさま、混乱した。

おれたちをうろこの森に落下させた、白き爪。おれたちは今、その上にいる。ヤポネの目を介してみると、その中にはトンネル状の熱が奔っていた。

確か、この爪って――

「〈水虫〉じゃあなかったっけ？」

この爪に病んでいるのは真菌、つまりカビだ。アバドンのような寄生虫とは別ものではなかったのか？

そこに、氏の不気味な笑い声が上がった。

「誤診だよ」

おれは「えっ」と声を漏らした。あっさり仰いましたが、それっておおごとでは？

「まあ聞け」呪術師のような笑みで、氏は命じる。「爪の白濁を見たら、〈水虫〉と思え。それほどありふれた疾患だが、竜の爪は硬すぎてな。簡単には削れん。おかげで、カビが検出できんことが多いのだ」

そのため、〈水虫〉の疑いとして、治療が先行されることがあるという。

「えっ」おれは叫んだ。「当て推量ですか？」

「医学見地による推察といえ！」氏は妙なところで沽券に拘る。「医療の現場では全部が全部、確定診断をつけはせん。資源は有限だからな。だから白い爪を見たら、まず水虫の薬を飲ませる。根もとからいずれ綺麗な爪が現れれば、診断が当たったと分かる。

これを診断的治療と言うのだ――だが、どうだ」

氏はかかとで、かんかんと竜の爪の根もとを叩いた。その傍若無人《ぼうじゃくぶじん》ぶりはさておいて、おれは「あっ」と矛盾に気づいた。

「真っ白ですね。根もとまで」

「そう。まるで変化がない。治療が効いていない証拠だ」

氏は何にも忖度《そんたく》せず、はっきりと言い放った。

「もっとも百年たった今だからこそ、言えるのだがな。なにしろ竜の爪が生え変わるには百年かかるのだ」

「そんなに？」おれは叫んだ。「じゃあ、この爪の治療を始めた医師は？」

「とっくにおらん」氏が首を振れば、赤シシの仮面がかたかたと嗤《わら》った。「それどころか、これまでに何度、皮膚科医が入れ替わったか分からん」

そうして診断の経緯は伝言の伝言のそのまた伝言となり、〈疑い診断〉はいつの間にか〈確定診断〉という認識にすり替わってしまったのだ。

「慢性疾患だからこそ起こる見落としだ。今回のように、一見して医学上『矛盾のない』状態では、何か問題が起こるまで、誰も疑うきっかけがないのだ！」

竜のみならず、全ての医療で起きがちな落とし穴とのことだった。

なかなかに恐ろしい現実である。

「無論あってはならんことだが、医師は人間。記憶は続かん。ましてや何百年も前のことなど誰にも分からん！　だからこそ自分の罹った病はしっかり把握し、分からんところは尋ね、ちっとも治らん時にはおかしいと訴えるべきなのだ。

たとえ竜語に『分からない』という言葉がなかろうともな！」

ニーナ氏の真っ赤な爪先が、天を鋭く指した。仰ぎ見れば、老竜の巨大な目がごろりと動き、ごまかすように背けられていった。

「爺さんは爪に百年間、アバドンを隠し持っていたわけだ」氏はやれやれと首を振った。

「逆によく持っていたというべきか。持ち前の免疫で抑え込んでいたな」

なんでもディドウスは老竜のくせにあまり風邪もひかず、免疫力がとても強いという。

ただ〈胃食道逆流症〉を患《わずら》って以来、食が細くなった。それで調子を崩して、アバドンがついに皮膚に移り、薬を入れても入れても再発する羽目になったようだ。

「じゃあ、その百年前のアバドンはどこから来たんです？」

おれが残る謎を問うと、レオニートがはっと目を見開いた。

「東国リエンタで蝗害が起こったのは百年前です！　カランバスにも、アバドンがやってきたと聞きます。ちょうどその後、ディドウスの爪が白くなった……！」

「うむ。爺さんはその時にアバドンを移されたのだろう」

氏は無責任なほど明快に告げる。おれはくらりと眩暈を覚えた。これは即ち一度蝗害を起こせば、百年後の災害にも繋がりかねないわけだ。〈竜ノ医師〉の重責たるや。

「これは世界初の発見だ。竜医学会をひっくり返す大騒ぎになるであろう！」

氏の笑い声は、地底から湧き上がって聞こえた。

「なにしろ、ただの水虫と思われたものが、蝗害の凶兆かもしれんのだからな！」

「はいはーい、ニーナ先生。どいてくださーい」

白濁の爪の上でのけぞる氏を、看護主任が追い払った。彼女に付き従うは屈強な看護師たちと、彼らに増して筋骨隆々の集団だ。その背中には電動錐《ドレル》や削岩機《モロトク》。〈竜整形外科〉の面々である。

「おぉ、いよいよ手術《オペラーツェ》かね」

「手術？」

レオニートが声を裏返す。その腰が急に引けたのを、おれだけが見ていた。

「はーい。今から術野を確保しまーす」

主任がぴしり、と打診棒を打ち鳴らせば、男たちが一斉に動き出した。軍隊さながらの整然な動きによって、病んだ爪の周囲がみるみる養生布で覆われていく。

そこに唸りを上げて現れたのは、大型の蒸気四輪だった。やたら首が長く、竜に似る。しゅうしゅうと白煙を吐く車体に、少女リリの姿があった。〈重機班〉の大人に交じって働くさまは真剣で、なんだか活き活きとしている。

首長の重機は病の爪に向けてさらに首を伸ばした。ぶしゅうと頭部から、茶色い液体が噴き出す。つんと鼻をつく、この独特の臭い。消毒液だ。

「当科より〈整形外科〉の先生がたに、〈抜爪術《ばつそう》〉を依頼しました」

黒の肌に白衣を閃かせ、竜皮膚科長ゼヤンダがやってきた。

「待っていても、掻きむしるたび感染が広がるだけですから」

「おぉ、ゼヤンダ。随分と寛大だな」ニーナ氏は大仰に腕を広げた。「〈整形外科〉に花を持たせてやるのかね」

これにゼヤンダ医師は肩を落とした。

「これは〈竜皮膚科〉の失態ですから」

〈太陽ノ民〉特有の、豊かな黒髪がうなじに流れた。良く見れば、その漆黒の髪は毛糸の細さに編まれていた。無数の三つ編みが揺れるたび、光を複雑に反射し、黒曜石の硬質な輝きを放つ。実はとても美しい人だと、この時初めて気づいた。

「貴女のせいではない、ゼヤンダ！」

整形外科長イゴリだ。ドレルが同意するように、ぶるんと唸りを上げる。

「百年前の担当医がやぶなのだ！　真菌を検出する前に薬を投与したのだから。おかげで薬が効いたから菌が出ないのか、診断が外れたから出ないのか、後続の者には分からなくなってしまった」

つい昨夜こてんぱんに言い負かされた相手を、イゴリは一心に庇う。と思えば、なんと跪いた。無骨な手が差し出したのは、それはそれは可愛らしい桃色の花束。

なにこれ。ことの展開に追いつけぬおれをよそに、イゴリは宣言した。

「私は誓う、美しきゼヤンダ！　貴女のために、アバドンを見事成敗すると！」

「これで千百二十二回目の夫婦喧嘩の収束か」ニーナ氏が茶化す。「細君に良いところを見せろよ、イゴリ。でないとまだ家に上がらせてもらえんぞ」

……さいくん？

はて。どんな意味だったたか。知っているはずが、まさかとの思いが邪魔をする。そんな察しの悪いおれの横では、妙に物分かりの悪い男がいた。

「で、ですが」レオニートである。「急にオ、手術《オペラーツェ》と言われても、心の準備が間に合わないのでは」

誰の心の準備だよ。

「大丈夫ですよー」と看護主任が受け流した。「もともと、アバドンの巣くったうろこは抜くかもしれないって言ってありましたし。それが爪に変わっただけですから」

もちろん、団長が改めて説明されています」

振り仰ぐと、当の老竜はゆったりしたものだった。痒み止めが効いたのだろう。昨今の寝不足が一気に押し寄せたか、半眼で微睡んでいる。時折ふっと我に返り、蛇腹の咽喉を膨らませ、雷鳴の咆哮を上げた。

『ええ、ええ』団長が優しく応じる。『大丈夫ですよ、お爺さん《ディドゥス》。麻酔の時にはちくりとしますが、手術中は痛くありませんからね。血は少し出ますが――』

うっ、と動揺したのは、痛くも痒くもないはずのやつだった。

普段は泰然と背筋を伸ばしているレオニートが、今はこの腑抜けぶり。深緑のうろこをじりじりと下がり、転げ落ちるように逃げ出す寸前で、彼は捕まった。

「往生際が悪いぞ、研究生第二号」

レオニートの襟首をわしづかみにして、氏は冷たい笑みを浮かべる。

「私は竜血管内科医だ。うちの研究室を選んだ時点で、全て覚悟のうえではないのかね。いやそもそも、竜の医師を目指す以上、これは避けられぬ運命《さだめ》よ。血を見ぬ医師など、おらぬからな！」

やっぱり。

おれがそう心で呟いた時、削岩機がぶるるんと稼働した。脳天をつんざくような高音が晴天を突き抜けて、名家の子息の、情けなくも上品な悲鳴を掻き消したのだった。

「それで、爪の中にアバドンはいたのかい？」

学生食堂の中庭の、炭鶏たちがクルックーと盛んに鳴き交わすさま。それを倉庫の窓辺から眺めつつ、料理長《シェーウ》が問う。

「それはもう、たっぷりと」

おれは大きく頷いて、出来立ての炊き込み御飯を目一杯よそった。

これは試作品だ。以前に作った、余りものの雉肉と野菜の賄い。それを、料理長が味見したいと言う。お眼鏡にかなえば、食堂に出してくださるのだ。もし人気が出れば、別途お給金をいただける。

「香りは悪くない」料理長の査定は既に始まっている。「彩りがもう一つだね」

これに「それなら、人参《モルコフ》を足したらどうかしらっ?」と横やりが入った。

少女リリだ。ここ最近、彼女はよくこの倉庫に現れる。授業はどうしたのかと訊くと、

「空き時間なのよ」と見え透いた嘘をついた。

「こくがあるね」寛大なる料理長はリリを追及せず、試食を進める。「発酵乳《スメタナ》を加えても良さそうだ」

「最高です!」おれは覚え書きを取った。

「問題は骨の処理だね。いちいち剝くのが面倒だ。いっそ、骨の髄まで食べられるようにほろほろに煮ちまうか」

ほろほろ雉の炊き込み。聞くだけで腹の虫が歓喜に鳴く素晴らしい命名だ。

ところが骨の髄の一言に、背後から「うぅぅ」と呻き声が上がった。

「で、なんだい、あれは」

料理長は匙《さじ》で壁際を指し示した。その窓辺に縋りつくのは、初夏の薫る風に溶け入らんばかりの、儚げな青年であった。

「あ、気にしないでください。おれの同居人です」

「無視しようにも目立つんでね」

それは同意します。

やつは今朝まで部屋で寝込んでいた。といっても怪我でも病気でもない。寝具から覗く肌は室内燈《ランプァ》に艶めき、枕に乗る青金の髪は朝日の差すたびに煌《きら》めいて、彼が健康体であることは一目瞭然だった。少なくとも、身体の方は。

「子供の時から、血が少しばかり苦手でして……」

息も絶え絶えにレオニートは囁く。彼がずっと握りしめるのはロゼマリンの花を容れた香り袋だ。肉の臭みを取るのにも使う、この花の爽やかな香りで、鼻の奥にこびりついたディドウスの血の匂いを取ろうというのだ。

「爪を根もとから切り離す時に、ほんの少し滲んだだけじゃんか」

「言わないで」彼は窓枠にしがみついた。「お願いです。また甦ってしまう……」

料理長が「何が甦るって？」と横目で尋ねるので、「こいつ、一度見たものがなかなか忘れられないんですって」とおれは説明した。

「便利なようで不便だよな。嫌いなモンも忘れられないなんてさ」

「強く匂うものは記憶に残りやすいのです……」レオニートは香り袋に鼻をうずめた。「思い出したい時は、まずその時の匂いを思い起こします。すると、鮮明に映像が浮かび上がるのです」

これにリリが、少女特有の残酷さで突っ込んだ。

「それでよく、医師団に入ろうと思ったわね」

「いえ、僕もこれほどとは」言い訳が弱々しい。「普段の暮らしでは、血など見ませんし、それに……竜は、好きなんです……」

「じゃあ血も好きになるしかないね」料理長は突き放した。「血は良いものさ。なにより栄養たっぷりだ」

「そうだぞ」おれは頷いた。「料理長のクロヤンカを食べてみろよ」

「食べていないのかい。それは許せないね」

「前に出た時は『お腹がすいていないのです』って、全部おれに寄越したんですよ」

「……お願いですから、それ以上いじめないでください……」

しおしおとレオニートは懇願する。薄幸の美青年ぶりも、この面子には無効だ。

「だけどどうするの、あなた」リリは特に情け容赦ない。「四年分も飛び級したんでしょ。じゃあもう〈医師課程〉じゃない。もうじき解剖が始まるはずよ」

「確かにその様子じゃ、鶏一羽絞められないね」料理長の例えが生々しい。

「大丈夫です」と言いながら、レオニートは蒼白だった。「それまでに慣れてみせます。血のせいで退学した例は過去になかったと聞きますし、皆さまも乗り越えてきたはず……」

それ以前に、血の駄目なやつは入団しないのでは。

——という指摘は、さすがに誰もしなかった。

「それで、ものは相談なんだがな、親愛なる料理長！」

ばあんと力任せに扉を開き、我らの指導医が現れた。聞き耳を立てていたのかと疑いたくなる絶妙な登場だが、当人は一切悪びれず、初夏の日差しに真紅の髪をぎらつかせた。

「出たね、万年食い逃げ犯！」

真紅をひと目見るなり、料理長は椅子を蹴とばして立ち上がった。

「今日という今日は、有り金全部置いていってもらうよ！」

「食い逃げとは遺憾だ」氏は真顔で訴える。「つけ払いだよ。そして残念だが、給料日の前でな。黄銅貨一枚持っていない。聞き分けてくれたまえ」

「盗人に諭《さと》される謂れはないよ！」

猛り狂うひぐまの神《ミシャ》を、料理長の姿に見た。割って入るのは恐れ多いが、おれはこの際どうしても確かめたいことがあった。

「なんでそんなに金欠なんですか、先生」

「仕方あるまい」氏は開き直る。「天才は金がかかるものなのだよ。なお誤解なきように。私個人にも我が研究室にも、収入ならある。むしろ医師団きっての高給よ。

それ以上に借金があるだけでな！」

「貯金ゼロ以下ってことですか⁉」

「何を言うか。借金は誉れだぞ。期待されておらねば、借金なんぞ出来ないからな。額が大きければ大きいほど、能力を見込まれているということだ。

お前だって同じだ、ヤポネの少年よ。医師団はお前に投資したのだ。誇るがいい！」

駄目だ、この人。

料理長と一緒に、おれは天井を仰いだ。

「――で？」

もろもろを諦めたらしく、料理長はまくり上げた袖を正した。

「借金の自慢に来たのかい」

「いやいや違うぞ、料理長」皮肉の通じぬ氏である。「こいつのことだ」

指し示されたのは、悲劇の青年然としたレオニートだった。

「血が苦手な医師なんぞありえんのでな。解剖学の研究室にでも預けようかと思ったが、教室から血の臭いが漂ってきただけで倒れおった。なんでもこいつは今まで、生肉にすら触れたことがないらしい。そこで、ものは相談だが」

嫌な予兆を嗅ぎ取ったのか、料理長は顔をしかめた。

「まさか、ここに置こうってのかい」

「調理場には、肉も骨も血も豊富にあるからな」

部屋の端で、か細い声が辞退を申し出ているが、誰も聞き入れない。このままだと彼は解剖学を合格できず、末は退学である。ことは案外深刻なのだ。

「無論、給金は要らんぞ。なんなら、課外実習として申請しよう。授業料が徴収できる。どうだ？」

先ほどの話のせいか、自らの未払い金のカタに生徒を差し出したようにも聞こえるが。

料理長はこれ以上の議論は無駄と悟ったか、大きくため息をついた。

「――邪魔になったら、すぐに叩き出す。いいね」

「ありがとう《ブラガータ》！　それでこそ、我が料理長だ！」

ニーナ氏が大仰に両腕を広げた。抱きつかれそうになり、料理長がにべもなく避ける。

おれは魂の抜けた目のレオニートに寄り添い、その肩をぽんと叩いた。

「まぁ頑張れ。手伝ってやっから」

しおしおと項垂れる青金の頭を、ごしごしと撫でてやる。

別に、面白がっているわけじゃあない。本心だ。こいつの記憶力と理解力、身体能力、そして竜への情熱。

血のことさえなければ、〈竜ノ医師〉になるべくして生まれた男だ。

「おれはともかく、お前が医者になれなきゃ、おかしいからな」

「何を言う。お前も医師になるのだろう、リョウ・リュウ・ジよ」

〈赤ノ人〉は呆れたように言った。なおその手には、おれの試作した炊き込み御飯が椀に盛られていた。料理長ともみ合った末に勝ち取った模様だ。

おれは「はぁ」と曖昧に応じた。なるかどうかより、なれるかどうか。それが問題だ。小等学舎から始める身としては、収入と支出の天秤は大切だ。医師を目指すよりも四年で卒業し、看護師や検査技師になる手もある。

その方が賢いかもしれない。師匠の金欠借金ぶりにそう言うも、笑い飛ばされた。

「いいや、お前は〈医師課程〉に進むのだよ。どんなに留年を重ねようともな」

何故なら、と言い放っておきながら、氏は炊き込み御飯を掻き込み出した。長々と人を待たせた後、氏は舌鼓を打ちつつ椀を置き、改めて始める。

「何故なら、それが団長の意向だからだ」

空っぽの椀を、真紅の目が見つめる。お代わりを思案しているのか、それとも、深淵を覗いているのか。

「竜と対峙できること。それが医師団の掲げる唯一の入団条件だ。ところがここに、団が欲してやまぬ資質がもう一つある。たいへん稀ゆえ、要項には掲げられないが」

首を傾げるおれに、氏は悪戯っぽく目を光らせた。

「もう忘れたのかね。ディドウスの前に立ち、お前は自ら言っただろう。

〈竜ノ医療〉は竜のためのものだと」

窓の外で、遠雷の咆哮が聞こえた。硝子がびりびりと細かく震える。

「竜の存在は絶大だ。時には天災そのものだ。そして哀しいかな、人は矮小な生きものだ。

竜に対峙できても、つい我が身を惜しみ、竜が病気と知れば、人への被害をまず恐れる。

常人は逃げることを考え、並みの団員は食い止めることを考える」

けれども稀なる人は。

「竜を救おうとするのだ」

先日のお前のようにな、と〈赤ノ人〉は囁いた。

「〈竜ノ医療〉は確かに人類を救う。だが〈竜ノ医療〉は、竜の信頼なくして成り立たん。

竜の信頼を勝ち得るには、竜のためを思わねば始まらん。

竜を救おうとする者は、〈竜ノ医療〉の要たる者なのだよ」

それ即ち。

〈竜ノ主治医〉である。

「団長のお言葉だ、リョウ。『ディドウスの主治医を目指しなさい』だそうだ。そんなわけだから、まぁよく励め」

軽い調子で氏は言い、お代わりに席を立った。いそいそと通り過ぎる赤シシの仮面を、おれは呆然と見送った。

おれが主治医を目指す？　馬鹿な。だって、おれは実質。

まだ、小学生なのに！

竜疥癬症《チエソートカ・ドラコーナ》

皮膚感染症。人ではダニ、竜種ではアバドンによる。角質に寄生する性質を持ち、竜のうろこの裏を好む。夜間に増強する激しい掻痒と、トンネル状の皮疹が特徴である。

宿主の抵抗力が低下すると、寄生生物が大量繁殖し、周囲に寄生生物が飛散して感染が拡大する。これを〈角化型疥癬〉という。竜種の角化型疥癬は〈蝗害〉とも呼ばれ、広範囲の植生が失われる天災である。これを未然に防ぐのが医療者の務めである。

なお近年、爪に寄生する〈爪疥癬〉の存在が竜種で初めて報告された。〈爪白癬〉に酷似しているため、誤診が懸念される。爪の白濁を見た際は人竜ともによくよく注意されたし。

カルテ3

もの忘れ、ふらつき、そして竜巻《たつまき》

患竜データ			
個体名	〈竜王〉ディドウス	**体　色**	背側：エメラルドグリーン
種　族	鎧　竜		腹側：ペリドットグリーン
性　別	オ　ス	**体　長**	1460馬身（実測不可）
生年月日	人類史前1700年前（推定）	**翼開長**	3333馬身（実測不可）
年　齢	4120歳（推定）	**体　重**	測定不能
所在国	極北国カランバス	**頭部エラ**	宝冠状
地域名	同国南部モルビニエ大平原 通称〈竜ノ巣〉	**虹　彩**	黄金色

カランバス暦433年（人類暦2425年）7月13日

主　訴

認知機能の低下

現病歴

この数か月で、もの忘れが顕著になった。

疲労感が強く、食欲もわかない。

既往歴

胃食道逆流症（咽頭痛は改善）、爪疥癬（抜爪後）、

高血圧、高脂血症

身体所見

一般血液検査に特記すべき異常なし。

診療計画

脳波測定、脳画像検査

申し送り

竜脳神経内科による精査が望ましい。コンソレ検討中。

白夜の夏の、切れ間なき日差しが窓辺に降りそそぐ中。

おれは教科書を広げて、学生食堂の倉庫に詰めていた。

小等学舎の試験を受け続けて四か月。順調に繰り上がってきたが、難易度も上昇中だ。

しかも、おれの通うは〈竜ノ巣《ゲネズド・ドラコーナ》〉の学校。本土の孤児院で盗み聞きしていた授業内容とは、だいぶん乖離《かいり》していた。

「ここの小学生は五年生で〈世界の竜とその生息地〉なんて教わるのか？」

「当たり前でしょ」

答えるのは少女リリだ。

「じゃなきゃ、どうやって世界史を学ぶのよ。竜がいる時代といない時代で、地理も激変するんだし」

ここ最近リリは毎日の如《ごと》くこの倉庫を訪れる。寮は居心地悪いらしい。

　そういうおれも寮で勉強する気にならない。だって考えてみてくれ。同期の新入生らが〈竜の解剖学入門〉だの〈竜語論〉だの〈登竜術の基礎〉だのを広げる場に、〈わくわく！りゅうとのくらし〉なんて持ち込めようか（なお〈医大学〉の学生寮では、〈自習室〉に集まって皆で勉強する習わしだ。宿題も試験勉強も高度すぎて、一人でこなすのは難しいから……らしい……）。

「むしろ〈本土〉では、竜のこと学ばないの？　あんたが聞いてなかっただけじゃない？竜どころか、カランバスの歴史すら全然知らないでしょ」

「仕方ねぇだろ、法律で禁じられてたんだから」おれは唸《うな》った。「ちょっと黙ってくれよ、今暗記してんだ」

「そんなの、竜の名前と生きてた年代と、巣の地名と地形を覚えるだけでしょ。小学生のうちは天変地異を起こしたような、よっぽど有名な竜しか出ないわよ」

「それだって、五百八十二体もいるじゃんかよ」

「まあまあ、お二人とも」レオニートが微笑《ほほえ》む。「軽食でもいかがですか」

　青金色の前髪をひとつ払って、真珠《しんじゅ》の青年は腰に白い布を巻いた。

　優雅な手つきで取り出したのは、表面をかりりと炙《あぶ》った黒パン一切れ。それをまだ熱いうちに大皿に据えると、桜貝色のハム・サーロをのせる。余熱で脂がとろりと融け出したところに、胡瓜《きゅうり》の酢漬け、ディルの香草、赤ビーツ豆、きのこを散らし、仕上げに鮮麗な緑の大陸《レフ》わさび《オル》ソースをさっと回しかければ。

理想の朝食の出来上がり。

「どうぞ、リリさん」

皿を置く音すらしないところが、またレオニートらしい。

「これ、ほんとに余りもの？」

リリは目を丸くする。こうしたところは年相応に素直だ。

よくぞまあ、こんな小洒落たものを作ったもんだとおれも思う。パンもハムも野菜も、食堂で残った端切れだったのに。もちろん肝心なのは見た目じゃないが、それもぱくりと一口やれば分かる。

リリとおれはがぶりといって——、そのまま沈黙した。

舌にのせるやほろりと崩れる甘い脂、ディルの葉の爽《さわ》やかな芳香。燻製《くんせい》豚特有のコクが胡瓜の酢漬けでさっぱり洗われる。豆はほくほく、きのこはつるりとして食感も楽しく、肉汁を余さず吸ったパンに、ぴりりと辛いソースが絡む。

要するに、罪深いまでに美味かった。

「料理長《シェーウ》の見立てた素材が素晴らしいのです」

窓から陽光がさんさんと差し込み、レオニートの真心こもった笑みを照らした。

「僕は盛りつけただけです。でも料理とは奥深いものですね。好きになりそうです」

「……おい、レオニート坊」

いよいよ黙っていられず、おれは口を挟んだ。

「お前が好きになるべきは、料理じゃあねぇだろ。葉っぱや豆ばっか弄ってどうすんだ」

「そんな」

如何《いか》にも心外だと、レオニートは皿を示した。

「こうして、お肉も扱っているではありませんか」

「そりゃ燻製肉だ。もう火が通ってンだ。しかも豚の脂身。

もともと、血は少ねぇ！」

「ああっ、その言葉を言わないで」

しおしおとしなだれる男の襟首を、おれは情け容赦なく引っ掴んだ。

「いきなり生きた魚を捌《さば》けとは言わねぇ。せめて生肉ぐらい手に持ちやがれ！」

「許してください、リョウ。今日は駄目です」

「そういって、昨日も一昨日も先月もやらなかったじゃねぇか！」

あれぇ、と古典劇の御婦人のような悲鳴が上がる横で。

リリがぺろりと、最後の一口を平らげていた。

シシ面の虚《うつ》ろに開いた眼窩《がんか》から、ぎょろりと赤い瞳が光った。

「で？」

「本日の進捗は？」

「なしです」

おれは寸分の忖度《そんたく》なく答えた。

「相変わらず燻製肉か、白身魚の切り身しか触りません」

赤シシの面が揺れ、かたかたと乾いた笑いを立てた。大角鹿の頭蓋骨を使ったこの面は〈赤ノ民〉の誇りを表すらしい。これを被る氏は到底、医師に見えない。

おれたちは今〈カテタル号〉に乗っている。あの激しくのろい爆走の果てに、ようやくディドウスの寝床を囲む崖〈赤ノ津波〉が見えたところだった。

「いっそ一度、生肉を食べてみたらどうかね？」

せっかく収まりかけた酔いが、氏の提案でぶり返した。

「なんだなんだ、二人して」口を押さえるおれたちを、氏は笑い飛ばす。「生肉はいいぞ。美味いうえに、ほぼ完全食だ！　寄生虫だけが欠点だが」

それが全てと思うおれである。

「事実、生肉は栄養豊富です」

レオニートは解説を始めたが、本気で吐きそうな顔なので、おれは気が気でない。

「野菜の穫れない極北の民は昔、へらじか《オリエーニ》の凍り刺身《ストロガニーナ》を好んだとか。今でも珍味として、〈赤ノ民〉の方々は食されると聞きます」

〈赤ノ民〉の食文化は尊重しつつ、おれは鮮明に想像しないよう努めた。感性を封殺するには、知性を働かせるのが一番と、浮かんだ疑問をそのまま口にする。

「肉が、野菜の代わりになるのか？」

「生肉に限ります」レオニートは半ば倒れ込みながらも、律儀に答える。「内臓も食せば、ほとんどの栄養素が摂取できます」

「野菜と同じ栄養素が？」おれも配慮する余裕がない。「生の肉に？」

「〈ヴィタミーン〉だよ、研究生！」ニーナ氏は独り、嬉々として話す。「野菜の代名詞のような栄養素だがな、実は肉にも豊富にある。ただし、多くは加熱すると壊れてしまう。そのため生野菜が重宝されるが、なぁに。肉も生食すれば済むことだ！」

何事にも理屈はあるものだなと、おれは感心した。

ここが山から遠くて幸いだった。ニーナ氏なら、おれたちを狩りに連れ出しかねない。

と思ったところで、「あれっ」と新たな疑問が湧く。

「この辺りは平原ですよね。ディドウスの寝床はむしろ窪んでいますし。でも竜は暖かいところが好きで、火山に棲むって聞きましたけど」

「あの爺さんはでかすぎるのだよ」

赤シシの人は肩をすくめた。

ディドウスの寝床が窪んでいるのは、あの巨体が永きに亘《わた》り、ごろごろ寝転び続けたからだという。なおあの辺りに草木が全くないのは、火焔《かえん》や暴風（ディドウスのげっぷや咳、くしゃみ）がしょっちゅう起こるからとのことだ。

「確かに、若竜は火口付近を好む。基本は変温動物なのでな、熱を欲するのだ。だが竜は生きる間ずっと身体が育つ。ある程度大きくなれば、日向ぼっこで充分になるのだ。

そんなもはや自身が山と化した爺さんが、童心に返って火山に登ったところで、火口を踏み抜いて噴火を引き起こすだけだ」

これは決して比喩ならざると、竜を知る者なら分かるだろう。

「……誰か、踏み抜いた竜がいたんですね？」

「南の隣国《モルビア》の〈ユラン〉でしょう？」

レオニートは竜の話になると俄然、顔を輝かせる。

「穏やかなお婆さんだったそうですが、晩年〈認知症《サルボウニヤ》〉、通称サルボを患《わずら》いました。徘徊《はいかい》の末に、幼少期を過ごした火山に登ったと聞きます」

「うむ」〈赤ノ人〉は羽根飾りを振り立てた。「サルボは〈帰巣願望〉を刺激するのでな。モルビアの医師団がごまかし続けて火山から遠ざけていたが、とうとう登られたようだ」

モルビアの医師らが懸命に、あの手この手でお婆さんの気を逸らすさまが、まざまざと目に浮かんだ。

「ま、幸いなことにユラン《ユラン》の火山はモルビア国内にあって、国際問題にならなんだうえ、もともと小規模な噴火を繰り返していたのでな。周辺住民は避難に慣れていたのだ」

ニーナ氏の言いように、おれはどうしても引っかかった。

「それで、ユランはどうなったんですか」

「お、さすがはヤポネだな」からからとニーナ氏は笑う。「地上の人間よりも、竜の方が気にかかるかね」

答えに詰まった。氏の声音は軽妙ながら、ちりっとささくれ立つものがあったのだ。

「えっと」と口ごもる。「いくら竜でも火口を踏み抜けば、火傷《やけど》ぐらいしそうだなって」

「したようだな」

ニーナ氏が淡々と答えた。

「その治療中に亡くなったと聞いている」

〈カテタル号〉の車内が、ふっと陰った。

車輪の石礫をがたごとと踏みしだく音も、すうっと絶える。崖下の〈搬入路〉に入ったのだと、それで知った。

車の外を見れば、先ほどまでとろとろ走っていた〈炎ノ谷《ダリーニエ・オグニーャ》〉の、竜の爆炎に似た赤き岩は消え去っていた。代わりに鋼鉄の通路が延びる。大型機関車がゆうにすれ違える道幅。壁に幾つも並ぶ扉の向こうには、診療用の重機が多数安置されていた。

「――火傷をしなければ、ユランはもっと生きられたんですか」

静かになった車内に、おれは一言ぽつりと放った。

「そうだろうな」

ニーナ氏も今回は茶化さなかった。

「サルボそのものは死の原因にならない。しかし判断力を失えば、しなくてもいい怪我を負う。医師の指示にも従えず、治るものも治せない。

そういった意味で、脳は生死を司るのだよ」

おれは窓の外を眺めた。鉄を打ち放した天井に、配管が無数に奔《はし》る。蒸気がもうもうと流れ出て、あたかも雲海のよう。どこかで歯車が、ごうんと鳴った。

——お爺《ディドウス》さんには、そんな哀しい最期に遭わせない。

天井をもうもうと覆う〈竜脂炭《りゅうしたん》〉の蒸気を眺めながら、おれは誓った。

身の程知らずでも構わない。これは願いだ。かつて、おれの祖先を乗せて天翔けた雌竜ドーチェ。その父の、健やかな日々を守りたい。

その思いは、しかしたちどころに踏み潰されるのだった。

言葉を正そう。

思いよりも先に、おれは今、この身を踏み潰されそうだ。

真夏の日差しに、青を深めた天空。その彼方へと、警笛がつんざく。震える大気を引き裂くように、巨竜の尾が宙をうねったかと思うと。

赤い崖肌を、どおん、と打ちつけた。

『ディドウス、ディドウス！』団長が拡声器を取る。『どうしました、じっとして！』

岩が崩落する轟音《ごうおん》。老竜が咆哮《ほうこう》した。まるで尾が勝手に動くのだ、と訴えるように。

また尾がうねる。ディドウスの長い首が後ろにひねられていく。自分の尾を確かめたいのだろう。反らされた上半身を支えんと、巨大な前脚がぐぐっと突っ張って。

ばねの反動のように、ぐわっと撥《は》ねた。

『総員、退避!』無線が走った。『患竜の四肢が制御不能! 総員、直ちに回避行動をとれ。〈不随意運動《アテトーゼ》〉だ!」

高く振り上げられた竜の手の到着点。そこにたまたま立つ、不運な連中がいた。

おれたち〈竜血管内科〉の師弟である。

「走れ」

ニーナ氏が命ずる。氏が淡々と告げる時、それは本当の危機だ。

おれたちは必死に駆ける。竜の指の幅は、大型蒸気機関以上だ。見上げる暇なぞなく、竜の手が落とす影を頼りに、指の間へと走る。けれど哀しいかな、所詮は小さな人の足。巨大な存在に、頭上の空気が圧され、迫ってくる。

「リョウ」

おれの横にぴたりとついて、レオニートが告げた。

「抱き上げます」

優しくも問答無用の宣言。おれもまた四の五の言わず、やつに身を委ねた。おれが地を蹴ると同時に、しなやかな腕が腰に回る。力の流れるままに肩へと担がれ、おれは背後を向く形となり――

「先生!」おれは叫んだ。

氏は遅れていた。

「馬鹿者！　振り返るな、そのまま行け！」

その声に一瞬、レオニートが身を強張らせる。だが迷いを振り払うが如く、しなやかに大地を蹴った。

とん、という軽やかな音。身体が柔らかに浮き上がる感覚。

視界が明るく開けた。レオニートの手が、老竜のうろこを捕えている。わずかな支えを頼りに、彼は一気に老竜の指を駆け登った。だがその間も竜の手は容赦なく降り続ける。

赤い人影が見えないまま、手と大地に挟まれた影が濃くなっていく。

その暗闇の隙間へと。

人影がひとつ、飛び込んだ。

ふわふわのまとめ髪。愛らしく垂れた目尻。それらと相反する、俊敏な所作。登山縄が生きもののようにしなり、その人に追随する。

「看護主任！」

呼び止めの一切を振り払い、主任は竜の手の下へと消えた。

そのほんの数拍後、ディドウスの手が大地を叩きつけた。

轟音。何かがあっけなく潰れる破壊音。巻き上がる風に攫われかけつつ、おれは叫んだ。

「先生！　主任さん！」

答えはないと知りつつも。

「はあーい」

「おーう」

ないはずであった。

「こっちだ、こっち」

竜の手の反対側。そこからひょっこりと、頭が二つ出てきた。真紅の髪はニーナ氏だ。主任の髪は独特で、陽光のもとでは赤みを帯び、月光のもとでは青白い金に映える。

「もー、先生ったら。学生さんたちが心配するじゃないですかー」

老竜の手の甲へと、主任が氏を引き上げた。その手に登山縄は見当たらない。どうやらあの縄を振り子にして、竜の脚の勢いを利しつつ、手の下から滑り出たようだ。

「なるほど。参考になります」レオニートは目を輝かせる。

「ならねぇよ」おれは常識を示した。

ディドウスが暴れ出した時、主任は彼の咽喉《のど》辺りにいたはずだ。そこを即座に前脚まで降りてきて、救助態勢に入ったのだ。なんたる超人だ。

「それで、ディドウスに何が起こったんですか」

おれは老竜を仰いだ。彼は腹ばいになり、四肢と尾を大地にぴったりとつけて、勝手に暴れ出すのを恐れるかのようだった。

『ディドウス、ディドウス』

団長の呼びかけに、老竜は応じない。竜独特の、下から上に閉じる瞼《まぶた》が半端なところで止まっている。

「なんだか」おれは呟《つぶや》いた。「今日はちょっと……ぼけっとしているような」

「そうだ、ボケている」ニーナ氏は頷く。「今日の診察は、このためだ」

氏曰《いわ》く、この二月で、ディドウスは反応に乏しくなってきた。いっこうに食事をせず、急に苛立ったり、そわそわしたり、とんちんかんな答えをするという。

それってまさか、とおれが訊く前に。

「認知症《サルボ》だ」

氏の答えに愕然として、おれはディドウスを仰ぎ直した。

「たったの二月で、呆けちまったんですか?」

「そうなる……ちと早すぎるがな」

氏の紅玉髄《カーネリアン》の瞳に、難敵を見る狩人の色が浮かんだ。

「竜は、知の生きものだ。知能の低下を本能で忌み、ひた隠す。いよいよ症状を隠せなくなると、人の目には急激に悪化したように映るのだ。

　だから本当に、ただのサルボかもしれん。だが……そうでないかもしれん」

　常に果断な氏が、今回は妙に歯切れが悪い。

「脳神経の疾患は――専門外なのでな」

「でも」おれは首を傾《かし》げた。「〈竜ノ医師〉は、どんな病も診るんでしょう？」

〈専門医《スペツアーリ》〉と、〈総合医《ユニヴアサリ》〉である。

　竜の身体は広い。診療は団全体でとりかかる。ゆえに〈竜ノ医師〉はどんな病に対しても一通りの知識を持つ。診断の鍵を見逃さず、確実に専門家に繋げるためだ。

　けれども、ニーナ氏は赤シシの仮面を被った。

「脳だけは別だ」

「そんなに難しいんですか？」

「独特なのだよ」氏は低く呟いた。「脳疾患の多くは〈慢性疾患〉。そして百年以上かけて進行する。しかし皮膚などとは違って、検体は滅多に採取できん。症状も『性格の変容』などと曖昧《あいまい》なもの。客観視できる情報を後世に残せんのだ。

　例えば、今のディドウスは気まぐれ屋の気難し屋だとして、これは彼の気質か、病気の兆候か。そんな主観による判断は、百年前の爺さんを知らん限り、下せんのだ。

——通常はな」

おれは神妙に頷きかけて、止まった。

まるで、通常ならざる者がいるかの如き口ぶり。

「いるのだ」ニーナ氏はうんざりと言う。「まったく異常な生命力でな」

「先生ったら」主任が笑う。「御自分のひいひいばあさまでしょー。御年百十歳の」

百十歳？　おれは驚き、そして困惑した。長寿はめでたいが、それではお婆さん自身がサルボを患ってはいなかろうか。

「残念だが、頭の方は未だ現役。むしろ診断力はいっそう冴えわたるばかりだ」

おれの懸念を見透かして、氏は心底嫌そうに言った。

「仕方ない——あの『生ける伝説』の助言を乞うとしよう」

〈竜脳神経内科〉の元科長にして、先の主治医長。

それが『伝説』の正体と、おれが知るのは後のことである。


「かっこいい……！」

後部座席で、おれは感動に打ち震えていた。

その車はまるで装甲車だった。鉄板を打ちはなした、頑強な軀体。大きく分厚い車輪。

ぐっと突き出た鼻っ面から、重厚なモーテル音が響く。幌《ほろ》は昇降可能で、運転手はそれを大胆に開け放し、夏の風と光を楽しんでいる。

看護主任である。

この方に一生、ついていこう。心の中で誓うと、おれの眼差しを察したらしい。

「ありがとー」

主任はさらりと、おれの敬愛を躱《かわ》した。躱し慣れている様子だった。

「気をつけろよ少年」ニーナ氏が助手席を倒して振り向いた。「こいつに骨抜きにされた男たちは、山の如くいるのだよ」

恐ろしい話に、主任はにっこり微笑んでみせる。女王蜂の風格であった。

ディドウスの病状を、『伝説の人』に相談《コンソレ》する。そのために、おれたちは主任の愛車に乗り込んだ。主任の細い手が、大きなハンドルを颯爽《さっそう》と切る。美しいうなじに髪がなびく。

それを後部座席から拝む名誉を知っては、もう〈カテタル号〉には戻れない。

そもそも当面、戻れそうにないが。

「ああっ、可哀相な〈カテタル号〉……っ！」

おれの隣でさめざめと泣くのは、少女リリだった。

「なんでお前まで乗ってくるんだよ」

「だって」リリは盛大に洟をかんだ。「〈開発部《あたしたち》〉の最高傑作が……！」

そう、我らが〈カテタル号〉は哀れ、老竜にぺちゃんこに踏み潰されたのだ。思えば、あの時聞いた破壊音は〈カテタル号〉の断末魔の叫びだった。竜の手がのき、その惨めな残骸が露《あら》わにされるや、ニーナ氏とリリら〈開発部〉の絶叫が響き渡ったものだった。

この『悲劇』に、リリは本日の科活動を免除されたという。

「機械がひとつ壊れたからって休んでいいのか」おれはまっとうな疑問を投げた。

「仕方あるまい、私が許した」氏は助手席に沈み込んだ。氏が許したところでと思うが。

「そう気を落とすな、リリよ。あれは試作品《プレトジーポ》。本体はちゃんと〈開発本部〉に収容されているのだ」

「あちらですね」レオニートが手を伸べた。

ディドウスの寝床〈炎ノ谷〉。その周囲に広がる草原に、その施設はたっていた。ただこれを初めて目にして、施設と呼ぶ人は少なかろう。もっとふさわしい形容がある。

列車だ。

「〈機械仕掛けの竜〉か」おれはぽつりと呟いた。

竜のように大きいことから、その名がつけられたという。ヤポネの目を通せば、巨大なモータルが心臓の如く発熱していた。内部の配管を奔る蒸気は、血流とそっくりだ。

なるほど名の通りである、が。

「なんでわざわざ全部、列車に乗っけるんだ?」

おれはかねてからの疑問を口にした。

そう。〈開発本部〉の工場だけではない。おれたちの住む寮も〈竜医大〉も研究施設も薬局も、小中学舎に住宅地、公園に市場、飛空船の発着所など、団に属する施設全てが、実はこの巨大蒸気機関の上にのっているのだ。

「地べたに住むなんて、そんなの怖すぎるでしょ」

リリが目を真っ赤に腫らしながら言った。

「世界一大きな竜のふもとよ? 地面なんかに家をくっつけたら、いつ踏み潰されたって文句は言えないわよ」

「〈カテタル号〉みたいに?」

失言だった。リリはまたぐすぐすと鼻を鳴らした。

「竜は動物ですからね」レオニートが慰めるように言葉を継いだ。「当然動きます。あの巨体ですから、急には止まれません。人間が避けるほかないのです」

曰く、竜が空へ飛び立つ際、うっかり町に突っ込んだ例が過去にあるらしい。そうした痛ましい教訓から、世界で巨大蒸気機関が開発されてきたという。

なお、主任の愛車が疾走する道路は、線路だ。草原を蜘蛛《くも》の巣のように張り巡り、竜がどこから来ても列車を逃がせるようにと作られた。ただディドウスはものぐさで、滅多に巣を出ないので、普段はこうして車を走らせ、草が蔓延《はびこ》らぬよう防止しているのだ。

「なるほどなー」

「なるほどなー、じゃないわ」リリが嚙みついてきた。「なんで初めて聞いたような顔をしているのよ。〈世界の竜とその生息地〉、今朝も勉強してたでしょ。試験に出るわよ。例えば、『人類暦一八一三年。ある国の町に竜が突入して、多大な被害を出しました。その竜と、国の名前を述べなさい』とか。はいっ、答えは⁉」

「いきなりかよ！」

おれは悲鳴を上げた。なお隣ではレオニートが目をきらきら輝かせて、答えたいけれど我慢している顔をしていた。

「待てよ。一八〇〇年代って、教科書の後ろの方じゃんか！　まだ覚えてねぇよ」

「馬鹿ね、前から順に覚えてるの？　五百八十二体の全部が試験に出るわけないでしょ。世界情勢を変えるような、大事件を起こした竜から覚えるのよ。あとはカランバスに深く関わる竜とかっ」

試験を作る先生の立場に立つ。それが試験勉強というものらしい。おれはちらりと隣の男を見遣った。何故ならば『全部覚えるのが一番の近道ですよ』とおれに助言したのは、他でもないこいつだ。

「リリさんは頭の良い方ですねぇ」

レオニートが目を丸くしている。嫌味ではない。心から感心しているのだ。

「いいのよ、あたしのことはっ！」リリが頬を膨《ふく》らませた。ちょっぴり赤らんでみえた。「だいたい、小等五年で習う竜の名前ぐらい、誰だって覚えているわよ。〈盤上遊戯《シャフマトイ》〉の駒《こま》にある竜がたくさんいるもの。

ねぇ、リョウ。シャフマトイしたことないの？」

あいにくシャフマトイに限らず、子供の遊びを知らぬおれである。正確には、孤児院の子供たちが、石ころを駒に見立てて遊ぶところは見ていた。だから、やり方はなんとなく知っているが。

「相手がいないと遊べねぇからな」

何気なく言うと、これがリリの心をひどく打ったようだった。

「そうよね、分かるわ」実にしみじみ言われた。「でもどうするの。試験は来週でしょ。このまま赤点だったら、あなた小等五年で止まっちゃうわよ」

「言うなよ、それを！」おれは叫んだ。正直、焦っていた。

「これは落ちるな」氏が不吉な予言をする。「いっそ、リリに教わったらどうだね、え？」

途端に少女は勝ち誇った顔をした。

だから教えてあげるって前に言ったでしょ。そう言わんばかりだ。ちょっぴり腹が立つが、この危機に意地を張ることは、飢えているのに財布だけ太らせておくようなもの。

「いいわよ。教えてあげる」

おれが頼むより早く、リリは結論を下すと、前方の座席に身を乗り出した。

「ね、いいでしょ？　お母さん」

「リリちゃんが良ければ、どうぞー」

おれは一瞬、聞き間違えたかと思った。

「看護主任さんが、リリのお母さん？」つい心のままに叫ぶ。「あの？」

これに少女が「『あの』ってなによ？」と眉を顰《ひそ》めたが、おれの脳内を巡っていたのはもちろん、赤ん坊の彼女を背負う主任の、老竜の上を飛び回る姿である。

この優しげな人が、そんな乱暴な真似をしたなんて。衝撃を受ける反面、このお方なら許されるかもしれない、とも思う。

主任が我が子をあやす傍ら、切り立ったうろこの崖を颯爽と降りていく。そんなさまを思い描いたところで、呪術師のような不穏な笑い声が上がった。

「契約成立だな！」赤シシが羽根飾りを振り立てる。「奨学金には『家庭教師代』もあるはずだ。惜しまず申請せよ、少年。留年するより、はるかに安上がりだからな！」

——森を切り開くには、多少の木っ端が散るものだ。

〈赤ノ民〉のことわざを贈られて、おれは泡を吹く思いだった。


主任の愛車は力強く疾走する。

車はあっという間に、〈機械仕掛けの竜〉まで詰めていた。慣れた手つきでクラッチが切り替えられる。モーテルが意気込み充分に唸り、排管からしゅうっと白煙が飛び出す。ぐうんっと速度を一段階上げて、車は急斜面へと入った。

汽車の巨大跳ね上げ橋である。

「いい？　竜の災害史には読み解き方があるの」

母の車と同じく、リリは絶好調である。

「特に〈竜工学〉の発達とは密接に関わってるわ。だから一緒に勉強すると分かりやすいんだけど、時間がないからあたしがかいつまんであげる。

あのね、人類が初めて竜の爪を加工したのが、今から四一二〇年前、東南の半島国《ン・バワ》でのこと。作ったのは手術刀よ。何に使ったと思う？」

いきなり始まった講義に、おれは面食らった。思わず「手術かな？」と答えにもならぬ答えを口走ると、リリは機嫌よく「そうよ！」と手を叩いた。

「帝王切開なの！　人類初の手術にして〈竜工学〉の興りよ。患竜はもちろん雌、病名は卵詰まり。陣痛で暴れてたの。出産のために、火口近くに巣を構えていたから――

　さあもう分かるわよね？　起きた災害はなに？」

「ふ、噴火？」

「と、地震よ！」リリは興奮すると、手を高速で振り回す癖があるようだ。「火山性地震。それも爆発型の。死者一万人、一万馬身四方を覆い尽くした火砕流！　耕地の壊滅による飢餓や疫病で、さらに十万人の犠牲者……史上最大の噴火よ！

　でもね、でもね、母竜はかろうじて生きてたの。でも大やけどを負ってて、帝王切開で卵だけでも助けようって、当時の医師と職人がね――」

　ちょっと待ってくれ。おれは今、リリが溜め込んだ知識のはけ口になっているだけでは？　同年代とは話が合わず、同学年は話を聞いてくれないと彼女は愚痴《ぐち》っていたが、なるほどその理由を垣間見た気がした。

「はいっ、その雌竜の名前は？　前人史の竜だから、もう覚えたはずでしょ！」

　急に振られて、おれは「ひぇいっ」と息を呑む。その隣でレオが「教科書の十三番目の竜ですよ」と助け船を囁《ささや》いた。だがあいにく、順番など覚えていない。

「た、タ、〈タンボラ〉？」

「そうなの！」

リリが腕を振る勢いが増した。握りこぶしが外れて飛んでいきそうだ。

「あのね、あのね、それまで〈竜医学〉って公衆衛生だけだったの。あっそれも大事よ、当時は疥癬が大流行で、いっつも蝗害《こうがい》が起きてたみたいだから。でもね、タンボラの事件から人類は、竜を救うためなら竜の身体を傷つけてもいいことになってね――」

「〈竜医行為の正当性〉が世界で初めて認知された瞬間ですよね」

レオニートが参戦してきた。リリはとても嬉しそうな顔をする。だがおれは解せない。効率の良い勉強法を教わるはずだったのに。

「情報が増えてねぇか？」

「背景を知った方が覚えやすいでしょ？　いいから聞く！」

そんな無茶なと抗議しようにも、家庭教師少女リリは止まらない。竜の話題に目がないレオニートが絶妙な合いの手を入れるので、余計に歯止めが利かない。

「実はその取り出した〈竜ノ卵〉から、我らのディドウスが生まれたのですよ」

「そうよ、だから絶対毎年、試験に出るの！」

「運命を感じますよね。人類初の医行為で生まれた竜が、四千年の時を経て、我らの地にやってきたのですから」

「そうそう！　あっ、ディドウスの卵を受け入れた竜もね、大災害を起こしたのよ。教えてあげる。あのね、あのね――」

止まらぬ少女の話に乗るように、車は快走を続ける。

長大な跳ね上げ橋を登っていく。〈機械仕掛けの竜〉の巨大車輪が真横に来た。観覧車のように大きな車輪を、これまた巨大な連結棒が繋いでいる。それは乾いた灰白色をしており、なんだか骨みたいだなとおれは思った。

巨大な列車の車両は七つ。それを貫く大道路を、主任の車は奔る。車両の表面は道路や施設が整備され、地上の町と変わらないけれど、車両の内部にさまざまな工場や格納庫がひしめいているという。

最後尾の車両は空港。たくさんの飛空船が停まる階下には、無数の診療重機が収まっているらしい。〈開発本部〉があるのはここ。リリはまだ入れない。立派な発明家になって、〈本部〉に踏み入れるのが夢らしい。

次の車両は〈薬局車両〉。階下の工場では、ディドウスのための薬剤を精製している。ごくたまに精製過程を間違えて、爆発するとのこと。

「薬の多くは劇物だからな」氏は当たり前の如く言う。「しかもあの馬鹿でかい爺《ディドウス》さんに呑ませる量を常備せねばならんのだ。事故の規模もでかくなるさ」

次は〈学部車両〉である。〈竜医大〉や学生寮が建つのはここだ。車両の内部には書庫。例の〈機械式図書館〉で操作すると、目的のカルテが引き上げられる構造だ。

主任の車はそのまま駆け抜けて、隣の〈公共車両〉に入った。途端、速度がぐんと緩められる。この辺りは幼稚園や学校、公園が多いのだ。

たっぷりと余裕をもって、交差点の手前で停まったところで。

「あー、見てー。リョウ・リュウ・ジだー」

「げっ。あれ、リリじゃない？」

上から幼い声が降ってきた。見れば、小等学舎の送迎車両が隣に停まったところだった。二階建て車両から、子供たちが見下ろしてくる。

おれの現在の同級生たちだ。なおリリは覚えがめでたくない模様。

「リョウ・リュウ・ジー、今日も実習？」「ディドウス、どうだった？」「どこいくの？」「明日は学校来る？」「横の男の人だれ？」「なんでリリといるの？」

霰のように降りかかる質問。そのどれに答える間もなく、送迎車両は発進していった。あ～、と残念そうな声が遠のいていく。

「人気者ですね、リョウ」レオニートは児童に手を振った。

「いじられてるのよ」リリが正しい認識を示した。「子供は大人よりザンコクなんだから。リョウもウンザリだわよね。さっさと進級するに限るわよ」

またこいつは自分の話を、と心の中だけでおれは呟いた。

旺盛に枝を伸ばす並木通り。その木漏れ日の回廊を行くことしばし。団員の親族たちが住まう〈住宅車両〉の中程で、車は停まった。

おれはてっきり『伝説の医師』の家を訪ねるのだと思っていたが。

「丘？」

目の前に立つのは、こんもりとした緑の斜面だった。夏の日差しをたっぷり浴び、低木《ヴェレスク》や野草《トラヴィ》が好き放題に伸びる。ふもとには、何故だか木の板が打ち捨てられていた。

その前にニーナ氏が立ち、懐《ふところ》を探る。

取り出したのは、鍵だった。それが木板の穴に突っ込まれるまで、これが扉だとおれは思いもしなかった。

「先生ったらー」主任が不満気に唇を尖らせる。「御屋敷の〈生け屋根〉、早く刈り込みましょうよ」

「冬になったら枯れるさ」

「今からが夏の盛りですよー。お日さまだって最近ほとんど沈まないのに」

二人は言い合いながら、ごく自然に扉を開け、中へ入っていく。どうやらこの丘全体が建物らしい。お椀状の屋根に、庭が乗っているようだ。

「〈赤ノ民〉の伝統家屋ですね」

レオニートは興味深そうだ。

「彼らは白夜の季節に遊牧し、極夜の季節に集落を作って暮らしました。これは越冬用の屋敷に似ていますね。丸い屋根は、厚い積雪に耐えるためのものと聞きます」

「そうよ」と頷いたのはリリだ。「三千年前からあったのよね。遺跡にもある」

「不変の形というわけですね。素晴らしい」

「どこがよ。なんでも改良してこそよ。これだからカランバスは開拓が遅れたのよ」

「カランバスが近代化したのは、ここ数百年ですからね」

リリも〈赤ノ民〉なのか、とおれは察した。思えばリリも、お母さんの主任も、肌こそ雪のように淡いけれど、日差しのもとでは髪がほんのり赤みを帯びる。

考えてみれば当たり前だ。カランバスでは〈赤〉の血が一滴でも流れていれば、国民と認定される。ニーナ氏のように真っ赤な方が稀だ。ましてや、あの奇天烈なお面なんて、本土でも見かけたことがない。

あの仮面はなんなんだ？　この機に尋ねようと、リリを追って御屋敷に踏み込んで。

おれは甲高い悲鳴を上げる羽目になった。

「なまくび！」

奥が暗く沈む、長い廊下。その両壁に、真っ赤な首がずらりと掛けられていた。

「よく見たまえ、慌て者が」

廊下の最奥で、氏が呆れる。背中のシシ面がかたりと口を開け、おれを嗤《わら》った。

「だって……！」

おれは憤然と壁を指し示して、やっと気づいた。

生首は全て、仮面であった。

大角鹿の頭蓋骨に羽根飾り。色や形がどれも少しずつ違う。古びたものが多く、羽根が重く垂れており、それが髪を振り乱した首のように見えたのだ。

「どうするんですか。こんなに集めて」

「勝手に集まってくるのだよ」

氏は肩をすくめると、さっさと奥の部屋に入る。おれは身震いして、その後を追った。

シシの頭蓋骨が笑いながら、夜な夜な集まる様子を想像したのだ。

廊下の先は大広間だった。お椀状の天井の、一番高い中心がくり抜かれ、硝子《ガラス》の天窓が設けられている。とはいえ生け屋根の草木のせいで、光はあまり届かない。

薄暗がりの中、ここにもやっぱり、仮面が安置されていた。

「金色だ」物珍しさが口をついた。「特別な仮面なんですか?」

なにしろひぐま《ミーシャ》の毛皮の椅子に、わざわざ人形を置き、仮面を被せている。へらじかの革の民族衣装まで着せるこだわりよう。仮面は俯《うつむ》き、どことなく哀愁が漂う。

そのため、思いもよらなかった。

まさか、仮面が話し出そうとは。

「ようこそ、我らが〈赤ノ屋敷〉へ」

此度のおれの絶叫は咎《とが》められまい。レオニートも驚いたのだろう。おれを抱きすくめるなり、広間の隅へと一挙に退避した。

「もうっ! ヴァーサさま」リリが唇を尖らす。「みんながびっくりするでしょ」

真っ黒な羽根飾りを振り回し、金ジシは嗤う。ニーナ氏そっくりだった。

「リリが初めて友達を連れてきたんじゃ、歓迎せんとな」

「初めてじゃないもん!」

リリの頬が赤い風船のように膨れた。

「まあいいわっ。あれがリョウ。こっちがレオニート。二人とも、ヴァーサさまよ」

友達というくだりは否定しないらしい。呼び捨てなのも、まあいい。けれど何故リリがニーナ氏のひいひいお婆さまを紹介するのか。

「知らない？」リリはきょとんとした。「ニーナ先生が本土を出て、ヴァーサさまのもとまで来る時、あたしのお母さんも一緒に来たの」

どうして知りえましょうか。

「不肖のひいひい孫が世話をかけたわ」金ジシがひひひと嗤った。「なにせ仕事も立場も全て放り出して、私のもとに駆け込んできよったのでな」

これはあんまり驚かない。

「〈竜ノ医師〉としても、まだまだ半人前じゃ。引退した婆の助言を未だに欲しがるとは。これだからなかなか逝けぬのじゃわい」

長い袖から、血濡れの如き手がぬうっと現れた。年輪の刻まれた指が、仮面を無造作に引き上げる。

現れた顔は、ニーナ氏にそっくりであった。火焔色の肌。塩湖の如き眼球。見定めるやきゅうっと縮む、猛禽類の瞳孔《どうこう》。違うのは深い皺《しわ》の渓谷と、白い髪だけ。

「さて」

乾いた唇が、低く呟いた。

「話すがいい、若人たちよ」

「通常の認知症《サルボ》ではないな」

話を聞き終えるや、ヴァーサ婆は断言した。

「春先にも相談《コンソレ》を受けて、ディドウスを診に行ったがな。まともじゃったわ。〈疥癬症〉の痒《かゆ》みが過ぎて、多少ぼんやりしてはおったがの」

やはりこの二月の間に発症したのだろうと、伝説の医師は言う。

「早すぎるな」ニーナ氏が唸った。

「早すぎるの」ヴァーサ婆が呟いた。

二人は揃って、お面を深く被り直した。おかげで、呪術師がまじないをかけあっているようにしか見えなくなった。

「竜は数千年を生きるもの」金ジシは黒い羽根飾りを振り回した。「たった数か月で悪化する病は相当に進行が速い。しかも」

「――〈不随意運動《アテトーゼ》〉が気に食わん」

ニーナ氏が継いだ。二人は声がよく似ている。幸いにして仮面を振りながら話すので、どちらが話しているかは一目瞭然だったけれども。

「急速に衰える認知機能。意思とは関係のない動きの出現」

金ジシが憂《うれ》えるように頭を振った。

「さらに、あのドーチェの父親ともなれば」

赤シシが覚悟するように天を仰いだ。

「あのドーチェ？」

おれはうっかり言葉を漏らした。金と赤のシシがふと沈黙し、おれを見つめる。リリが
「あのね、リョウ」と、おれの袖を引っ張った。

「読んでない？　ドーチェのこと。〈世界の竜〉にも載ってるけど」

「きっとまだかと」レオニートが代わりに答えた。「リョウが今とりかかられているのは三百四十二体目。人類暦一二〇〇年代、〈世界竜医学会〉の再編が行われた頃の竜です。ドーチェが登場するまであと百五十三体、およそ八百年分ありますから」

「来週試験なのに六割超えてないの？　馬鹿じゃないの？」

おれは「馬鹿ゆーな」と弱々しく反論し、レオニートは「リョウはじっくり読まれる方なのです」となんの役にも立たない擁護をした。

「まず目次を確認しなさいよっ。知ってる竜から覚えた方が早いでしょ？　まぁいいわ。とにかく今はドーチェよ。じゃあ知らないのね、彼女がどんな病気だったか」

おれが答えるまでもなく、リリは続けた。

「ドーチェにもね、出たのよ。——早すぎるサルボと、アテトーゼが」

〈赤ノ民〉の言い伝えにもあるのだと、少女は言う。

その昔、若く美しい雌竜が天より墜ちてきた。彼女は謎の病を患っていた。脳が急激に衰えていき、身体は意味のない動きを繰り返す。その動きはさながら踊り狂う操り人形のようで、それが彼女の奇病〈死ノ舞踏〉の名の由来となったという。

ニーナ氏が羽根飾りを振った。

「後世の研究で、その〈舞踏〉の動きはアテトーゼだろうと推測された。ドーチェ自身は望まぬ体動だ。たとえ脚が折れ、翼が曲がろうとも、彼女は止まらなかった。

——止まれなかったのだ」

そうして死の直前まで、ドーチェはのたうち続けた。今の首都に当たる地に辿《たど》り着き、ついに命を落とすまでに、十余年の永きに亘ったとか。

「ドーチェは若かったけど、雌だし、かなり身体が大きかったのね」リリが淡々と言う。「そんな彼女が這いずり回ったから、本土の大地が激変したの。土がえぐれて、押し固められて、森はことごとく潰れた。その頃は何頭もの竜がいたけど、ディドウスを残して、みんな他所に移っちゃった。竜の恵みがなければ、森も甦《よみがえ》らない」

そうして大地とともに、〈赤ノ民〉古来の暮らしも失われたという。

当時この極北は遊牧民族の国〈美しき赤の大地《クラスーナヤ》〉と呼ばれていた。その遊牧の暮らしが絶えた後、今のカランバスが誕生したのだ。

「ま、おかげで近代化が進んでくれて、あたしは良かったけど」

リリは平然と言い、シシの人たちが笑った。

「本土の老人たちが聞いたら発狂するぞ」赤シシは愉快そうだ。

「おおそうじゃ、卒倒するかもしれんて」金ジシは爽快そうだ。

リリは馬鹿にされたと思ったか、頬をぷっくりと膨らませた。額の上の眼鏡と相まって金魚《ザラターヤ》のようだった。

「もう過ぎたことでしょ。それより、ディドウスが〈舞踏《アテトーゼ》〉を始めたって言われた方が、みんな卒倒するわよ」

少女の軽妙な言葉とは裏腹に、おれは先ほどから声を出すこともできなかった。

「それって、つまり……」乾いて張りついた咽喉を、無理にこじ開ける。「ディドウスがお嬢さん《ドーチェ》とおんなじ病気に罹《かか》ったってことか?」

雷鳴がとどろいた。

ディドウスの苦しみの声だろうか。

天窓を仰げば、夏の日差しが途絶えていた。窓硝子越しに、分厚い雲が見える。やがて、ぽつ、ぽつ、と雫《しずく》が窓をたたき始めた。夏の夕立だった。

大粒の雨が、生け屋根の草木を叩く。屋根にこもった熱が、急速に散っていく。まるで、今朝がたのおれの誓いのようだ。ディドウスの健やかな日々を守りたいと思った。そんな儚《はかな》い願い。

「そうだな」赤シシの人が呟いた。「医師たちの多くは疑っているだろう。ディドウスが、娘と同じ病を発症したのではないかと。血が伝えるのは才だけと限らん。ディドウスこそ〈死ノ舞踏〉のおおもとで、ドーチェはその血を受け取っただけかもしれん」

その言葉に、おれは思い出していた。

ディドウスが暴れ出した時のことだ。警報とともに『アテトーゼだ！』と叫んだ誰か。あの声に滲《にじ》んだ恐怖は、極北の地に刻まれた記憶から来ていたのだ。

「この一帯は、かつての北部と同じように、踏みならされるだろう」

ニーナ氏はまるで予言するが如くだ。

「ドーチェの時よりも深刻だ。彼女の時には大山脈があった。ゆえに彼女の災害は北部の本土に留まった。だがこの辺りは隣国と地続き。爺さんはどこまでも這い回れる。まして世界最大の、あの巨体だ。誰にも止められん」

「治療法は？」往生際悪く、おれは問う。「ドーチェが亡くなって何百年も経っています。進行を遅らせるだけでも、できないんですか」

「できん」

ニーナ氏は天窓から、黒雲を仰いだ。

「もはや〈死〉のみが、最後の処方箋だ」

広間の沈黙を悟ったように、雨だれの音が小さくなっていく。黒雲が割れ、天窓からは光が差し込んだ。まるで希望を捨てるなというように。

「まぁ、全く違う病かもしれんがな！」

空気をこれ以上なく重くしてから、赤シシは無責任に前提を覆《くつがえ》した。

「あくまで可能性の一つだ。あるいは脳の病気ですらないかもしれん。ヴァーサ婆の部下《でし》たちが、今も検査を進めているところだ。続報を待て！」

「うむ、そうしょげるでないぞ、若人たちよ」金ジシも同じく、羽根飾りを振る。「あのディドウスのことだ。ものぐさが高じて、ボケただけかもしれん！」

二人のいい加減な言い草に、ただ唖然としていると。

素晴らしく芳ばしい香りが、ふわんと漂ってきた。

「ただいま戻りましたー」香りとともに現れたのは看護主任だった。「お話進んでます？

「そろそろお茶にしましょー」

主任が手に下げているのは、籐で編んだ籠であった。香りはそこから漂ってくる。おれの腹が正直にぐうと鳴った。

「ひとっ走り、医師団寮の食堂に行ってきましたー」

そう言って、主任が籠の中身をちらりと見せる。なんと、リンゴパイの田舎風《シャルロトカ》である！ 食堂の一番人気、店頭に並ぶや完売する代物だ。

「「でかした！」」

そう叫んだのは、シシ面の二人であった。

「引退してから、この味が恋しくて仕方なんだわ」

「引退せずとも、恋しくて仕方ないぞ。最近とんと味わえんからな！」

「先生はツケが高じて、売ってもらえないだけでしょー」

どんな危機も絶望も、美味いものの前には無力である。おれたちはうきうきと、主任の後を追って広間を出た。

仮面がずらりと並ぶ廊下。その中程に、台所に通じる扉があった。一歩踏み入れるなりおれの心は躍った。天井には束になった玉葱《リュク》やニンニクが下がり、さまざまな香草の束が壁に干されている。何より、天井の筋交いにたくさん掛かるのは。

「血の腸詰《クロヤンカ》めだ！」

おれが嬉々として指差した時、レオニートは壁際に飛びすさっていた。

「先日、〈赤ノ仮面〉が新たにやってきてな」よくあることのように、氏は言った。「その〈供物〉に、へらじかを丸ごと一頭いただいた。それで作ったのだよ」

「今時、貴重じゃ」金ジシの老女が舌なめずりした。「〈赤ノ民〉がへらじかの放牧を放棄して久しいからの」

「解体は大変でしたけどねー」

看護主任は朗らかに笑うと、赤い花をつけた香草で紅茶を淹れ始めた。その麗《うるわ》しき指と朗らかな笑みに惚れ惚れして、おれは〈解体〉の意味を深く考えなかった。

一方、レオニートはうっと呻《うめ》き、へなへなとしゃがみこんだ。

「〈赤ノ民〉はドーチェの事件後、定住と交雑が進んでいます」

血の残像を振り払うように、彼は早口に呟く。

「純血が絶えると、他の族に〈赤ノ仮面〉を託すそうです。これを〈仮面仕舞い〉と呼びます。その際、仮面を弔《とむら》うため、家畜が屠られる倣《なら》いと――」

「お茶が入ったぞ、坊ちゃん」おれは全てを聞き流した。「喰おうぜ」

シャルロトカが切り分けられた。断面にリンゴが現れ、琥珀《こはく》色に透き通る。一口頬張るなり、幸せが訪れた。小麦とバターだけの素朴な生地。だからこその至高である。

「人間で良かったです、おれ」

香草茶の酸味がまた食欲をそそる。花と同じく真っ赤で、ともすると血に見えるけども。

「竜の大口じゃ、リンゴなんて味もしないでしょうね」

「竜の味覚は発達しておらんのだよ」ニーナ氏がシャルロトカを頰張り、相好を崩した。

「彼らの主食は鯨類《キイト》。それも丸吞みだ」

「咽喉越しと匂い、そして量が重要なのじゃよ」老女は早々とお代わりを要求していた。

「竜種は海で狩りをする。深海に潜り、鯨をたらふく吞んで上がってくる。満腹になれば一年は喰わずに済むが、並みの獲物ではあの胃袋は満ちん」

おれはへぇ、と興味深く聞いた。

「見てぇな、ディドウスの狩り」

「難しいわね」リリは母の淹れた紅茶にたっぷりの蜂蜜《はちみつ》を投入した。酸味は苦手らしい。

「カランバスには海がないもの。極北のさらに北にはあるけど、一年中凍りついてるし。凍らない海岸があれば、飛び込むところが見えたかもね。後は、飛空船で竜の群れの後についていくとか？　一緒に海に引きずり込まれるかもしれないけど」

「無理だな」

おれは肩をすくめた。危険は良く理解した。

「船だからいかんのだよ」氏が茶化す。「竜に直接乗ればよい。ディドウスの免疫を回避するお前だ。うろこに潜り込めるぞ」

「海に入ったら溺れるじゃないですか」

「いや、うろこの内側には空気の層が保たれるという話だ。事実お前の祖先はドーチェに乗って暮らしていた。深海の世界も見ていただろうよ」

氏の言葉に、おれは全身を打たれた。

ディドウスに乗っていく？　彼の森に身を沈め、ともに海中へ飛び込む。海の深まり、奇妙奇天烈な魚たちの泳ぎゆくさまを、うろこの隙間から仰ぎ見る。

行きたい。図らずも、血が騒いだが。

「ディドウスはもう、飛べないかもしれません」

レオニートの弱々しい声で、夢は打ち砕かれた。

「もし〈死ノ舞踏〉を発症したのなら、いつアテトーゼが出現し、翼が制御不能となるか分かりません。そうなれば墜落は必至――飛行は無謀です」

「まだ分かんないだろ」

せっかくのシャルロトカが不味《まず》くなる前に、おれは憤然と反論した。

「普通の認知症《サルボ》かもしれないし。治るかもしれないし」

「リョウ……残念ですが、サルボもまた、現医学では治療不可能なのです」

壁に額をつけて嘆息する彼は、麗しいの一言で、却って腹が立った。おれはやつの襟を摑むと、机まで引きずった。天井に下がる腸詰めに、悲鳴が上がった。

「ですけど」レオニートを椅子に押さえつけながら、おれはふと思った。「ディドウスがもし本当に飛べなければ、食事はどうするんです？」

海は竜のもの。人は漁も航海もしない。鯨はなおのこと獲らない。

「そうだな」ニーナ氏は紅茶をすすった。「他の竜たちに頼んでみるか」

「聞いてくれますかね？」

おれの疑問に、リリが憤然と「聞くわよ！」と反論した。

「竜は優しいのよ。ディドウスが生まれたのだって、お母さんの代わりに卵を温めた竜がいたからだもん。ディドウスだって娘のドーチェが墜ちて十数年、ずっと鯨を獲ってきてあげたんだから」

食事だけでなく、ディドウスは可能な限り娘に寄り添ったという。時には暴走する娘の身体を押さえつけ、人間の医師たちの診療を助けたとか。

「……でも最後の鯨を獲りに行っている間に、ドーチェは死んじゃったのよね」

ぽつりと放たれたリリの言葉に、おれは少しだけ、視界が滲んだ。

ドーチェはきっと、もう一度飛びたかったことだろう。ディドウスもきっと、飛ばしてやりたかったはずだ。人間だって、自ら匙《さじ》を持って食べたいものだもの。

「やっぱりディドウスも、ぎりぎりまで飛ぶべきだ」おれは熱く主張した。

「ディドウスが飛びたければね」リリは冷静だった。「飛ぶのが大好きってわけでもないみたいだけど。もともと巣から全然出ようとしないし」

レオニートが机に伏したまま、ぶつぶつと呟く。

「事実、ディドウスは滅多に飛行しません。直近の飛行は、四年四か月と十三日前です。その前は五年九か月二十六日前。この数十年ほどは、狩りの間隔は平均して四年七か月を記録しています。通常の三倍ほどです」

「そんなに？」おれは青金の後頭部を見下ろした。「腹が減らないのか？」

「だから動かんのだよ」氏が肩をすくめた。「腹が減れば、飛ばねばならんからな！」

あのものぐさじじい、と罵倒《ばとう》が続いた。おれは二の句が継げなかった。

「あのじじいは薬を呑むのも億劫《おっくう》がるのだ。〈胃食道逆流症〉を患って以来、何も咽喉を通らんと愚痴ってごまかす。だから薬を呑まねば治らんのだと何度言ったか――」

その時、からん、と音が鳴った。

見れば、ニーナ氏が食器を取り落としていた。シャルロトカのリンゴの欠片が、お皿の上をころころ転がる。

「しょくじ」

紅玉髄の双眼が、くわっと見開かれた。

「――最後の、食事」

これにヴァーサ婆の双眼が、やはりくわっと開いた。

「まさか」金ジシが喘いだ。

「そうだ」赤シシが頷いた。

「そうか！」真珠の青年が、ここに交ざった。腸詰め《クロヤンカ》の存在を忘れたか、彼は立ち上がる。

「急激な認知機能の低下。アテトーゼを始めとした神経症状の出現。通常のサルボにない奇異な現象は、ある一つの鍵で説明がつきます！

その鍵とは――」

傍聴者を置いてきぼりにして、彼ら三人は顔を見合わせるや、揃って叫んだ。

「「「肉だ！」」」

肉。

それは美味なるもの。

人の世では、欲望の象徴とされがちだ。禁断の食物とする民も、世界にはあるという。

だが竜の世では、肉は単なる、そして唯一の食糧だ。その巨体を維持するために、彼らはこの世で最も滋養のある食事を欲する。

「で、その肉が、どうしたって?」

おれは頭上を仰いだ。瑠璃《るり》色の天空。夏らしい要塞のような雲。それらを背景として、ディドウスの宝冠が深緑に輝いていた。

おれたちは今ディドウスの前脚の上に立っている。アテトーゼが起これば墜落必至だが、検査のためだ。古くから『勝ちたくば時に冬将軍の馬ぞりにも乗り込め』と言うしな。

お茶のさなか、急に騒ぎ出したニーナ氏とヴァーサ婆、レオニート。彼らの様子を見るなり、看護主任がさっさと屋敷を出て、愛車を回してきた。

『行け、若人たちよ。肉が全てを救うだろう!』

雄叫びを上げるヴァーサ婆に、ぽかんとしていたのはおればかりだった。主任の愛車はモーテル音も高らかに駆け、あっという間に老竜のもとに着いたのだった。

『ディドウス、ディドウス』

団長が拡声器で呼びかける。老竜はぼんやりと半眼を閉じたまま、反応しない。

『治療の道筋が見えてきました。まず検査をしますから、そのままじっとして』

「ちりょう？」

おれは仰天した。サルボは不治の病ではなかったのか。

「肉を食べたら復活するとでも？」

「その通りです！」

レオニートが晴天の日差しに勝るとも劣らぬ、輝かしい笑みを向けた。

「肉には微量なるも大いなる物質が含まれているのです。人も竜も、それによって精神を守られています。その名も」

レオニートは薔薇色《ロザヴィ》に紅潮した頬で、老竜を仰いだ。

「〈ヴィタミーン〉です」

「……はい？」

たいそうな名を予想したおれは、見事に裏切られた。

ヴィタミーン。前にも話題に上がった名前だ。熱すると壊れてしまう、栄養素の一つ。生肉は例外として、野菜の代名詞だ。風邪をひいたら緑色の野菜をたくさん食べなさいというのは、巷《ちまた》の民間療法である。本当に効くかどうかは知らないけれども。

「風邪の話はさておきまして」

レオニートはさらりと躱した。あんまり効かないらしい。

「確かに、多くのヴィタミーンは野菜から摂取されます。カランバスの地方、特に極北地では野菜類が採りにくく、高値のため敬遠され、ヴィタミーン不足に陥りがちです。そのため、特に強調されるのでしょう」

オパロフの坊ちゃんが野菜の相場を知っているとは思えんが、とりあえず先を聞こう。

「でもその中に、肉でなければ摂取しにくいヴィタミーンがあるのです。

総称〈コバラミン〉類！」

澄んだ灰色の瞳が、紫水晶の色彩に昂《たかぶ》っていた。さぁ分かったでしょう？　という表情だが、すまん。なんにも分からん。

「コバラミンは、脳や神経の働きを助けます」

レオニートの美徳は、相手に知識を期待しない点である。

「これが不足すると、主に貧血が起こりますが、その他にもの忘れなどの精神症状や四肢の痺《しび》れ、稀にアテトーゼなど、多彩な末梢神経症状を来すのです」

ぴったりだ。おれは呆然とした。これはつまり、ディドウスは飛ぶのが億劫なあまり、食事の回数を減らし、病気になったということか。

「要するに」おれは絶叫した。「ただの栄養失調かよ？」

「だから、ものぐさじじいと言っただろう！」

振り向けば、〈赤ノ人〉であった。背を痛めそうなほど反らし、深緑に照る巨大な竜を見上げている。

「この面倒くさがり屋のおいぼれめ。自ら、病に罹りに行くとは。竜は『天地を俯瞰《ふかん》する賢者』ではないのかね？」

「ニーナ科長！」団長から叱責が飛ぶ。「口を慎みなさい。患竜の前ですよ！」

ニーナ氏の美徳は、卑怯者ではない点だ。相手が呆けたからこれ幸いにと、悪態をつき始めたわけではない。

「慎んで何になる？　鯨肉は牛の肝臓並みにコバラミンたっぷりなのだよ。〈草食主義〉の竜ならばいざ知らず、鯨喰いの竜にコバラミン不足は起きえん。つまりこれはひとえに、じじいの不精が引き起こした病だ！」

「えっと」おれはなんとかディドウスの援護を試みた。「でも、食欲がなかったなら仕方ないですよね。ほら、〈胃食道逆流症〉にも罹ってましたし」

「それも自業自得だ」氏は容赦ない。「ディドウスは飛ぶのが嫌いだ。長生きしすぎて、身体がでかくなり、飛び上がるのが手間だからだ。そうやって、ろくに翼を使わんから、肩こりもひどい。余計に飛ばない。腹が減らんよう、ごろごろしてばかり！」

そのぐうたらの結果。

ディドウスは〈胃食道逆流症〉を患ったという。

「挙句の果てに、薬や注射は嫌だとごねて、こじらせおった。同情の余地はない！」

おれはディドウスとの初対面での、〈竜ノ息吹《げっぷ》〉を思い出した。もはや擁護のしようがなかった。

なおレオニート曰く、その〈胃食道逆流症〉の治療薬たる胃酸抑制剤は、いったん中止せざるを得ないとのこと。というのも、胃酸を減らすと、コバラミンが吸収できなくなるらしい。せっかく狩りに行っても、栄養失調が改善されないのでは意味がない。

つまりディドウスは咽喉が痛かろうが、肩が痛かろうが。

頑張って飛んで、食べるしかないのだ。

そこに、ごうん、と物々しい機械音がとどろいた。

「準備完了でえっす、ニーナ先生！」

元気いっぱいの声。見ると若い女性の姿があった。額に拡大鏡をのせ、無骨なつなぎに身を包み、あらゆる工具を腰に下げる。検査部門〈重機班〉班長ターチカだ。班長の横に、そっくりの格好をした少女リリの姿があった。

その部署名に違わず、彼女たちは巨大な重機に乗っていた。老竜の腕を挟む、陸橋にも似た構造。そこに吊り下がるのは、大砲のように巨大な――

一台の注射器であった。

「採血検査、いつでもどーぞっ！」

途端、レオニートが踵《きびす》を返した。そのたおやかな手首を、おれは摑んだ。

「待て、こら」

「後生です、リョウ。見逃してください」

「逃げたら、いつまで経っても慣れねえだろ」

レオニートはもがくが、力が入らないようだ。非力なおれでも、楽々と押さえ込めた。

おれたちの虚しい争いをよそに、検査は着々と進む。

「ゲージよーし、シリンジよーし、消毒よーし」

ニーナ氏の指示が朗々と飛ぶ。

「目標、前腕正中皮静脈。撓側《とうそく》、尺側《しやくそく》皮静脈の合流起点より百国際単位《メルト》」

指示の直後に、ターチカ班長が復唱する。

「前腕正中皮静脈！　合流起点より百メルト！」

ごうん、と歯車が回り出す。

巨大注射器を吊るクレーンが、首を伸ばして位置を取った。

「角度、十五度二十六分」

「十五度二十六分！」

注射器の先端が、きりきりと下に向けられた。

『ディドウス、ディドウス』

団長の、麦の香薫る声が語りかける。

『動かないでくださいね。少しだけ、ちくりとしますよ』

夏の日に、丸太より太い針がぎらりと光る。

レオニートが「駄目、駄目です」と口走り、おれに抱きついた。そのさまはあたかも、ぬいぐるみに縋《すが》りつく真夜中の幼子。

「発射！」

ニーナ氏の号令に、ずどん、と重い音が響く。

ディドウスの押し殺したような唸り声と、どくどくと赤黒い液体を吸い上げるポンプの機械音。それらが上手く、掻き消してくれた。

渾身の力で抱き潰される、おれの悲鳴の全てを。

「死ぬかと思ったわ、あン時は」

おれは脇腹をさすった。

レオニートに抱き潰されて、一か月余り。おれの脇腹にはつい先週まで、やつの手形と爪痕が浮かんでいた。

「すみません、本当に」

全ての元凶はうなだれるが、そのうなじの瑕瑾《かきん》なき形ゆえに、反省して見えない。痣の形もやたら艶美ときて、風呂で見るたび腹が立ったものだ。

おれとは裏腹に、最近のディドウスは絶好調である。

コバラミンの点滴を受けて、彼はめでたく正気を取り戻した。このところ毎日のように寝床を離れて草原をのし歩き、固まった節々をほぐしている。

狩りに備えているのだ。

コバラミンの点滴を終え、正気に戻ったディドウス。彼の前にある日、全団員が勢揃いした。都合よく耳の遠くなる老竜に、ささやかながら圧をかけ、確実に説得するために。

『食事をしてください、ディドウス』

団長は命じた。優しげながらも、異論を許さぬ強さだった。

『海に行ってください。鯨肉をたっぷり食べてきてください。でなければ、コバラミンがまた不足して、貴男《あなた》が貴男でなくなりますよ』

『肩こりがひどくて飛べぬと仰るのなら』竜整形外科長イゴリが隆々とした胸を張った。『鎮痛剤をお出ししよう！　離陸時の痛みはやわらごう』

『ですが、それは本来、食後に呑むべき薬』竜皮膚科長ゼヤンダが夫の背後で唸った。『空腹時に大量に呑めば、胃潰瘍を起こします。以前にありましたね？』

イゴリが筋肉に埋もれた首をすくめた。

見かねた竜消化器内科が『胃薬とともに呑まれると宜しい』と助け船を出したものの、『またコバラミンが欠乏します』と返り討ちに遭った。胃酸を抑制すれば、コバラミンの吸収率が下がる。確かにそれでは、なんのために鯨を獲りに行くのか分からない。

『堂々巡りだな』見学席で、おれは呟いた。

『医学の限界ですね』レオニートが呟き返した。

結局のところ健康とは、己で守るものなのだ。

『そういうわけですから、ディドウス』

団長はにこやかに天を指した。

『飛んでください』

ディドウスは長い首をねじり、あらぬ方向を向いていた。小さき人の言葉など露ほども耳に入らぬと言わんばかりだった。

けれど、おれは知っている。老竜があぁして岩山の如く動かないのは、身じろぎによる地鳴りで、人間の声を掻き消さぬため。

つまり、聞いているのだ。

医師たちをたっぷり焦らせた後、老竜は天に向かって鎌首をもたげ始めた。すかさず『装着！』の号令が飛んだ。おれが防音用耳当てを装着する間にも、老竜の胸は膨らみ、夏の太陽を呑み下すが如く、巨大な口が開かれていき――

――呼ぶぞ。

ニーナ氏の真紅の唇が、そんな形に動いてみえた時。

雷鼓《らいこ》のごとき音の衝撃が、天地をあまねく打ちつけたのだった。

「一か月たってもまだ、脳が揺れる感じがするぞ」

おれは耳の穴をほじった。

「気のせいよ」リリがぴしゃりと断じた。「〈開発部《うち》〉の特製耳当て、ちゃんとつけた？あれ、小さな音は拾うけど大きな音は収音しないのよ。すごいでしょ」

「まったく素晴らしい性能でした」レオニートがなごやかに割って入った。「ただリョウの話も分かりますよ。あの音は衝撃波も同然でした。〈竜の遠吠え〉は天の果てまで届くといいますが、凄《すさ》まじかったですね」

「遠吠えも何も、あれが本当の竜の声なのよ」少女リリが訳知り顔でいう。「普段のは、囁き声みたいなものよ。人間に気を使ってくれてるの」

「あれでかよ」おれは耳をほじった。まだ耳鳴りがするのだ。「でも面倒だな。飛び立つのにいちいち、他の竜を呼ぶなんて」

リリが肩をすくめて、「しょうがないでしょ、おっきいんだから」と言った。

ディドウスは世界最高齢、即ち世界最大だ。なにより重い。歩けば大地がめり込むほどの巨軀を天空へ持ち上げるには、彼の翼だけでは足りない。そのためディドウスは援けを求めたのだ。

仲間の竜たちに、強力な上昇気流を作って欲しいと。

「つまり嵐ですね」レオニートが涼やかに言った。

「つまり災害だな」おれはより正確な言葉を示した。

「竜だもの。嵐の一つや二つ呼ぶわよ」リリは嘆く方が理不尽と言わんばかりだ。「飛び立つ瞬間が一番大変なのよ。若竜なら山から飛び降りる手もあるけど」

ちなみにそれもたまに失敗して、山の斜面に激突するらしい。竜自身は大概無事だが、地滑りや雪崩を引き起こすので、崖肌近くに住むのは賢明ではない。

「あれでも竜はとっても軽いの。もし人間があの大きさになったら自重で崩れちゃうわ。

骨の構造がまったく素晴らしいの。〈近代竜工学〉は〈竜骨〉あってこそね。

あとは翼よね。竜の飛行を研究する専門分野があってね。あたし、そこに行きたいの。

あのね、あのね、竜の翼がどうやって風を作るかっていうとね——」

「あー、うん」これは長くなりそうだと、おれは察した。「ところでセンセイ、次の科目なんだけど」

おれが新しい教科書を差し出すと、リリはもったいぶって受け取った。

「次は〈竜と天候、地形、そして文明〉ねっ。大丈夫、あたし大得意だったわ」

なお前の教科の、落第必至と思われた〈世界の竜とその生息地〉は、無事に通過した。

なんと正答率九割超えだった。以来リリはおれより得意げである。

「あら、今度は試験だけじゃなくって、観察記録の提出もあるのね」

「そうなんだよ」

おれは絶望して言った。試験は夏休み明け。提出物もそれまでに作れとのこと。つまりあと一か月もないのだ。

「でも観察記録の方は楽勝よ。ディドウスの飛行について書けば絶対合格だもの」

「そう願うよ」おれは教科書の厚みにくらくらしていた。「だからここに残ったんだ」

ここは〈炎ノ谷〉のことである。

頭上を仰げば、真っ赤な岩の天井に無数の配管が走っていた。もくもくととぐろを巻く白い煙は、広間にひしめき合う〈診療重機〉のもの。炉が焚《た》きっぱなしなので、煙突から蒸気が絶えずしゅっしゅっと上がっていた。〈竜脂炭〉の良い香りがする。

この施設の名は〈当直棟〉。ディドウスを囲む岩崖〈赤ノ津波〉の内部にある。岩盤を掘って作った穴なので、通称〈もぐらの穴《クロート》〉と呼ばれている。

おれたち三人は夏休みに入って以来、ここで寝泊まりしていた。

「観察に残った新入生は、あたしたちだけですって」リリはなんだか嬉しそうだ。「他の人は帰省しちゃった。もったいないわ。四年半ぶりの飛行なのに」

「とはいえ、嵐が来るわけですからね」レオニートは微笑んだ。「避難も正しい選択かと」

ディドウスが飛び立つ時、天候は必ず荒れる。そのため飛翔の予告が出されるや否や、〈竜ノ巣〉近辺は大騒ぎになった。

小麦畑を持つ農家は収穫におおわらわ、リンゴ園は果樹に防風網を着せるので大忙し。町では戸に打ちつけるための板と釘が高騰し、学校は早々と夏休みに入り、保護者に避暑ならぬ避竜の旅を勧めた。

医師団の行動は早かった。〈機械仕掛けの竜〉は、こうした時のために作られたのだ。つい先日ぼおーっと大きな汽笛を鳴らして、巨大蒸気は草原を去っていった。

なお医師団の学生たちも早めの夏休みとなったが、その前に『期末試験の前倒し』なる大災害に見舞われていた。

「ナスターシャなんて試験延期の嘆願書を集めてたわ。そんな暇があったら、勉強したらいいのにね」

リリはふふんっと鼻で笑った。ナスターシャはおれたちと同期だ。〈赤ノ民〉の血統をよく映した濃い茶褐色の髪と肌が自慢で、寮でよく取り巻きに囲まれている。登竜初日に、リリが喰ってかかった相手だ。

ちなみに、ヤポネのおれが食堂で働くことに抗議したのも彼女らしい。

「料理長《シェーフ》が包丁をちらつかせてたわ。ハムを切っただけだけどね」リリはけらけら笑う。「本土《ここ》の流儀がいつまでも分かんない人っているのよね。前にリョウが団長に呼ばれて、主治医の壇に上がったでしょ。あの時の彼女たちの顔、見た?」

あいにく、おれはディドウスしか見ていなかった。

リリは残念がった。

「あの後ね、あたしがリョウたちと仲良しって知ったら、『連れてきてもいいわよ』とか言うのよ。笑っちゃうわ。首都育ちだからって、お高く止まって。『こっちから願い下げよ』って言っといてあげたわ」

どうやらリリは、おれが同期生とお近づきになる道を寸断したようだ。

別に惜しくはない。だがリリ自身は大丈夫だろうか。どうも最近リリは実習授業に出ていないふうだ。組む相手がいないのだろう。

危ぶまれるのは、リリだけではないが。

「大丈夫です」おれの視線を感じ取って、レオニートが爽やかに言い切った。「僕の方はまだ実習はありません。試験は滞りなく終わりました」

彼のいう滞りなくとは、全試験満点の意である。

座学に関しては、彼は向かうところ敵なしだ。史上最高得点はもちろん、今期の試験は彼以外に正答者のなかった問題が幾つもあったらしい。

ただ巷の噂によると、彼がすごいというよりも、学習過程を完全に無視した奇問ばかりだったようだ。

というのも急な日程変更に、教師たちも慌てていた。急いで試験を用意せねばならず、普段は設問に加わらない人材も招聘したのだ。

そう——ニーナ氏も。

それらの奇問は正答率があまりに低かったため、採点対象から除外された。結果として合格者が増え（試験にならなかったともいう）、団長はかんかんだった様子。

はたしてこのまま、ニーナ氏の研究室にいて良いのだろうか。常々抱いている疑問を新たにしていると、当のニーナ氏の声が飛んできた。

「これでどうだ、リョウ・リユウ・ジ！」

氏が威勢よく示すのは、〈盤上遊戯《シャフマトィ》〉である。ディドウスが飛ぶまで暇だからと、氏が持ち込んだものだ。曰く「これも勉強なのだよ」とのことだが。

「驚いたわよね」

リリがつくづく意外そうに言った。

「リョウがシャフマトイに強かったなんて」

その呟きの直後、ニーナ氏が頭を抱えて絶叫した。おれが動かしたひと駒で、詰んだと悟ったのだ。これでおれの連続五十三勝目である。

「くそう、この貪欲なやつめ。持っていくがいい！」

氏は心底悔しそうに、おれに駒を渡した。シャフマトイでは、奪った駒を自分のものにできるのだ。おれの机には、氏から取った駒がずらりと並んでいた。

駒は一つ一つ動きが違う。実際の竜をもとに象られており、世界公式規格では大理石や黒曜石などの美しい駒が使われている。勝敗よりも目当ての駒を狙って戦う収集家もいるほどの人気だ。なお大金を出せばどの駒も買えるが、試合で奪ってこそ価値が出る。

「待っていろ、私の駒よ。今、取り戻してやる！」

氏が五十四回目の意気込みを叫んだ。

「いい駒を出し惜しみするから負けるんじゃない？」

リリが突っ込んだ。お気に入りの駒を死蔵して負けが込むのも、シャフマトイの常だ。

同じことを、おれの通う小等学舎の生徒たちもやっていた。

何を隠そう、おれにシャフマトイを教えたのは彼らだ。小等学舎でも大人気で、どこの教室にも手作りの基盤と駒が広げてあるのだ。おれが一度もやったことがないと知ると、彼らはたいそう驚き、永久凍土よりも味気ない人生と叫んだ。そしてすぐさま『リョウのためのシャフマトイ講座』が開催されたのだった。

現在では『リョウ・リュウ・ジは使えるやつだ』と認定され、シャフマトイ大会に時々駆り出されている。〈竜ノ巣〉に四つある小等学舎が年間を通して競い合うものだ。駒も基盤も優勝杯も手作りの非公式の大会だが、かなり伝統があるらしい。

なおおれの通う学校はこの数年最下位続きで、持ち駒も乏しい。かろうじてある良駒を出し惜しむので、ますます負けが込む。このままでは対戦に要る駒の数すら割り込むと、『退路の線路を爆破する覚悟』で臨《のぞ》む一年らしい。

そんな小学生たちと、ニーナ氏はいい勝負である。勉強に励む生徒を邪魔する教師という点で、より性質が悪いというべきか。

「もうひと勝負だ、リョウ・リュウ・ジよ！」

氏が駒を並べ始めたところで。

けたたましい警報が鳴った。

蒸気の白煙の雲海が波立つ天井を、みんなが一斉に見上げる。ががっと無線が入って、当直医が速報を告げた。

『全団員に告ぐ。カランバス本土の〈観測挺〉より電報あり。

本日未明。カランバス本土の上空に、観測史上最大数の竜が集結さる。群れはその後、まっすぐこの〈竜ノ巣〉に向かったとのこと』

施設全体が、どよめきに揺れた。

「じゃあ」おれは腰を浮かせた。

「では」レオニートが伸び上がった。

「いよいよね！」リリが飛び跳ねた。

「おう」

氏が仮面を上げて、にやりと笑んだ。

「爺さんが、飛ぶぞ」

椅子がひっくり返る。ペンが転がり、教科書が落ちる。だが誰も足を止めない。岩壁の崖に取り付けられた、鉄製のはしご階段。それを一目散に駆け上がり、上の階を目指す。

「落ち着け」氏が笑った。「まだ竜の群れが着くまで間がある」

無理な相談だ。おれたちは初めから最後まで見届けたいのだ。

最大の竜ディドウスの、飛翔の全てを。

格納庫の最上階に飛び込む。〈赤ノ津波〉の見晴台の真下にあたる部屋だ。壁に点々と穿《うが》たれた窓は、最も衝撃に強い円形で、砲弾も跳ね返す特殊硝子が嵌《はま》っている。

うち一つをおれたちは陣取った。おれとリリは爪先立ち、レオニートは腰をかがめる。

次々到着する見物人の目も忘れて、三人で頰をつけ合い、外を覗いた。

草原が果てまで広がっている。季節は晩夏。花の盛りを過ぎ、草は萌え葉色から、硬い碧玉《へきぎょく》色へと変じている。雲はなく風もない、静かな昼下がりだ。

嵐の予兆など、今は雨粒ほどもみられない。

それから三十長針《ミヌト》ほど待ったろうか。

「――来ました」

レオニートの白い指先が、地平線を指した。

空と緑の境界線。そこに、ぽつ、と影が現れた。黒点は見る間に伸びて、地平線を塗り変えていく。やがて地の果てに黒い帯ができると、今度は楔《くさび》の形に膨れ、空を覆い尽くし始めた。

「あれが」おれは喘いだ。

「全部？」リリが囁いた。

「――竜です」レオニートが笑んだ。

瑠璃色の天空が埋め尽くされるまで、然したる時はかからなかった。

いったい何千頭いるだろうか。普段は大きな群れでも数十頭ほどなのに、ディドウスの遠吠えに、世界中から竜が集結したようだ。

いつもは雲の高さをゆく竜たちが、今日は随分と低く飛んでいる。雷鳴の咆哮が絶えず啼き交わされる。巨翼の空を打つ音が、間近に聞こえるようだった。

竜はあまり羽ばたかない。だがこの数ともなると常にどこかで鼓翼の音が響いていた。

竜の大群の下で大気が動き出し、翡翠《ひすい》色の平原がさざなみ立つ。

竜の翼は風を生み、竜の群れは気流を生む。ましてや、これほどの大群ならば。

天も動こうというもの。

「見ろ」

氏が笑った。

「隊列が変わるぞ」

空一面に広がる無秩序な群れ。それがその瞬間、動き出した。

若竜だろうか。小振りで身軽そうな竜が一頭、強く羽ばたいた。高く舞い上がる彼を、仲間の竜たちが追う。彼らは見事な矢じりの隊列を組み、晴天を袈裟懸けに切り上がり、細い風の軌道を作り出した。

若竜の群れが生んだ風に、やや大きい竜たちが乗る。その後をさらに大きい竜が続く。そうして続々と竜が連なり、螺旋《らせん》をなし、一体の大蛇と化した。

先頭の群れが、太陽を衝かんばかりに上昇していった。と思いきや、急に螺旋を外れる。彼らは大きく外遊しながら急降下すると、螺旋の最後尾に合流し、再び上昇を始めた。

そうして、下から上へ。

大気が切れ間なく、掻き回されていく。

草原は激しく波立ち始めた。深緑の海に、渦が描かれていく。天もまた渦巻いていた。雲の渦だ。竜たちが纏《まと》う無数のうろこから、大量の胞子が巻き上がり、雲を作っていた。雲の合間からそそぐ晩夏の日差しも、やはり渦を巻いている。

天の風と、地の風が合わさる時。

その気流は、誕生するのだ。

「──竜巻《タルナーダ》」

おれの呟きと同時に、警笛が響いた。

「総員、衝撃に備えろ！」

氏の命令とともに、地鳴りがとどろいた。

「爺さんが、出るぞ！」

衝撃が崖を揺さぶる。

丸い窓の外を、巨大な爪が降りていく。ディドウスの巨大な前脚が〈赤ノ津波〉の崖を摑んだのだ。からくも崩落しなかったのは、老竜が全体重をかけぬよう、気遣ってくれたからに違いない。

草原を踏みしめて、老竜は歩く。一歩ごとに大地が震え、爪が大地を深くえぐるたび、豊かな黒土が地表に反《かえ》された。千切れた葉が強風に煽《あお》られ、粉雪の如く舞い、背中の峰を流れ行く。

大地を渦巻いていた陽光が、ざあっと掻き消えた。ディドウスが両翼を開き始めたのだ。

老竜の翼の全容を、おれは初めて目にした。天を舞う竜たちの誰をもはるかに凌ぐ大きさ。

それがゆっくりと、どこまでも広がっていく。

巨翼の落とす影が大地を押し包むさまは、夜の王が御衣を広げるかのよう。

――竜は、天地創造の主。

おれは人知れず呟いていた。

湖のように広い飛膜が、ぐうっと上方へ湾曲した。翼が究極まで開き切り、乱流を受け止め始めた証だった。刹那《せつな》、ディドウスの歩みが変わった。長大な背骨が一直線に伸び、四肢がぐうっと膨らんだ。老竜の一歩がさらに深く、大地を削り取る。

いよいよ、助走に入ったのだ。

老竜を鼓舞するように、天の竜たちが一斉に咆哮した。

大気に紫電が奔る。空は今や緑色に染まり、帯電していた。天地の渦はいっそう分厚く育ち、風が狂ったように唸る。

巨体がかすかに浮いて見えた、その瞬間。

天と地の気流が合わさった。

刹那、風が土を吸い上げ、黒く染まった。漆黒《しっこく》の竜巻の中に、ディドウスの姿がある。

凶暴な風を、彼は平然と受け止めていた。世界で最も大きな翼は、ひとたび風を摑めば、何よりも速い。竜巻を糧にして、老竜は瞬《また》く間に高みへと昇りつめた。

若竜たちが道を空ける。ディドウスと並べば、彼らのなんと華奢《きゃしゃ》なこと！　巨大な翼に煽られて、くるくると揉まれ、短い咆哮を上げている。まるで老竜の力に驚き、感嘆し、思わず笑い出したかのようだった。

今や誰よりも高く舞い上がったディドウスを、全ての竜が追いかけ始めた。その様子はさながら、帰還した王に馳せ参じるが如くだった。そこかしこで鳴り響く雷鳴は、喜びに満ち溢れて聞こえた。

――オカエリ。

――オカエリ、ディドウス《おじいさん》。

彼らの言葉を聞いた気がして、おれはいつしか涙を流していた。

「竜は愛の生きものなのだよ。リョウ・リユウ・ジ」

氏があやすように告げた。

「たった一頭の、ただ一度の呼び声に、世界中の竜がこうして集まるのだ。

――いや」

もはや黒い点になった〈竜王〉の影を仰いで、氏は笑う。

「あの爺さんだからこそ、かもしれんな」

天海の津波さながらの、竜の大群に伴われて。

老竜ディドウスは大陸の果ての、海へと飛び去った。

地上に残されたおれたち人間は、幸いにして今も生きている。ディドウスを天へと持ち上げた後の、史上最大に太った竜巻が〈赤ノ津波〉に突っ込んできた時は、もう駄目かと思ったものだが。

ディドウスの飛翔に立ち会えた幸運からか。絶体絶命の危機を乗り越えた奇跡からか。とにかく、おれは興奮し切って、眠ろうにも眠れない。

「……まだ起きているのですか、リョウ」

狭い当直室の、二段寝台。下の台に寝そべるレオニートもまた、同じ心情らしい。

「先ほどから、寝返りばかり打たれていますよ」

「そっちだって、もぞもぞしっぱなしじゃねぇか」

ひそひそと互いに責め合った後、どちらからともなく身をむくりと起こした。同室者の寝息といびきの合間を縫って、部屋を抜け出す。眠れないものは仕方がない。

「お茶でも淹れませんか」

悪いことを思いついた。そう言わんばかりに、レオニートが白夜の薄明に笑む。

「余計に目が冴えねぇか」と言いつつも、やぶさかでないおれである。「確か、当直用の厨房《ちゅうぼう》があったよな」

「はい。こちらです」

地図で見ただけの廊下を、彼は勝手知ったる足取りで進む。もはや驚きもせず、おれは後をついていく。かくして一度も迷わず至った厨房には、小さな焜炉《こんろ》と、申しわけ程度の調理台があった。

「このやかん、ぼこぼこだな」

何度も落とされたのか、もはや球状とは言いがたい。それでもなんとか立つ健気さよ。水の漏れない限りは現役でいられるだろう。

レオニートが棚を探り、「ありました」と茶葉の缶を取り出す。蓋を開けるとなんとも複雑な香り。手に入った茶葉から乱雑に補充していったようだ。正体不明のブレンドも、レオニートが淹れると、極上の一杯となる。

「見つからないようにしませんとね」レオニートが楽しそうに囁いた。

卓上燈はつけない。地平線すれすれを泳ぐ太陽の、淡い光で充分だ。ポットとカップ、そして棚から失敬した菓子パン《スーシュカ》を、今夜の供と決めた。

このリング状の菓子パンはカランバスのおやつの定番である。少し硬くなっていたが、発酵乳《スメタナ》を薄く塗り、フォークに刺して、焜炉で炙ってやれば、小麦粉ときび砂糖の香りが甦る。熱々の生地に、とろける発酵乳の酸味。紅茶と交互に含めば、腹の底が熱くなり、髪の毛の先まで温まる。

「ディドウスはもう喰ったかな」

紅茶をもう一杯注ぎながら、おれは何気なく問うた。

「彼の翼なら、半日もあれば大洋に出ましょう。ただ、鯨の群れを見つけるのは容易ではありません。鯨は寿命の三分の二を、深海への潜水に費やすとまで言われ――」

海は竜の領分。謎に閉ざされた深き世界を、彼は見てきたように話す。耳を傾けつつ、やっぱりディドウスに乗りたかったなと思う。

老竜の飛翔を見守りながら。空いっぱいの竜の大群を眺めながら。おれは自身の強烈な衝動に戸惑っていた。あの背に飛び乗り、うろこの森に潜りたい。冒険心や好奇心では、とても説明できない熱。

帰りたい。会いたい。

そんな願い。

「あの竜の群れの、どれかに、乗っていたのかな」考えるより先に、おれは呟いていた。

「おれの御先祖のような、竜に住まう人たちが」

レオニートは静かに「そうですね」と答えた。

「竜に住まう民――〈竜人《ズメイ》〉は、どの竜にもいるわけではありません。彼らが何故特定の竜にのみ存在するかは謎なのです。でもあれほどの竜がいれば、その中には、きっと」

「お嬢《ドーチェ》さんを知っている竜も、いたかな」

「ディドウスの血を引く竜は、世界中に数多くいます。かなりの数が、ドーチェの親族と思われます。ドーチェ自身にも仔竜がいたようですし——」

他愛もない疑問に、レオニートは温かく付き合う。お返しに、紅茶のお代わりをついでやった。冷めないよう、一口ずつそそぐのがカランバス流だ。

晩夏の夜は早や冬の気配を纏う。草木は霜に焼け、急速に紅葉していく。それでもこの崖の格納庫がほのかに暖かいのは、蒸気の熱に満ちているからだ。白夜の淡い日差しに、厨房の天井を漂う靄が光る。〈竜脂炭〉の煙の芳しさが、郷愁を殊更《ことさら》に煽った。

「——蒸気が、こんなに白いなんてな」

おれがぽつりと漏らした感嘆に、レオニートもまた天井を仰いだ。

「首都もこうだったな。家からも蒸気四輪《スチモビル》からも、すごくいい匂いの煙が流れてきてさ。話は聞いていたけど、仰天したよ。なにより」

記憶越しに、半年前の空を見て、おれは眩《まぶ》しさに目を細めた。

「雪が、真っ白でさ」

レオニートは動かない。出会った時分の、おれの煤まみれ具合を見ていれば、おおよそ見当がついたのだろう。

おれの育ったような田舎――いわゆる〈寒貧街〉では、雪は黒と相場が決まっている。粗悪な〈煤炭《すすずみ》〉を焚くからだ。大気は煤にまみれ、雲はくすみ、雨雪は泥の色をしている。白い煙は煤の一切出ない証拠。そんな清らかな燃料は〈竜脂炭〉だけだ。

「……リョウは、ご存じなのですか」

訊くか訊かざるか。長く迷っていたように、レオニートは囁いた。

「〈竜脂炭〉が、どこから来たものか」

おれは彼を見つめた。澄んだ氷のような灰色の瞳が、じっと見つめ返してきた。

「知ってたよ」

おれは目を逸らさずに答えた。いつかこの話になると思っていた。

「そのままだろ。竜の脂の炭――つまり、竜の身体《にく》だ」

レオニートは目を伏せた。

そう。人類は竜が死ぬと、〈竜ノ遺体《チアーシャ》〉を切り崩し、資源を得るのだ。

「ちゃんと知ったのは、〈竜ノ巣《こっち》〉に来てからだけどな」

おれは努めて淡々と言葉を紡いだ。

「孤児院に入る前から、なんとなく察してた。廃棄物から、〈骨片《くず》〉を拾って暮らしてたからさ。大人のヤポネたちも、それらしいことを口走ってた。おれたちの拾っているのは本当に竜の骨なんだ。地上の人間は、竜の死体をばらして生きてるんだって。半信半疑だったけどな。しょせん妄言者《ルオーシュ》の言うことだし」

首都ドーチェから最も遠い終点駅。

そこから捨てられた機械の墓場に、おれは生み落とされた。

墓場に住まうのはヤポネだけ。ヤポネ古来の言葉は禁じられ、学ぶことも禁じられて、彼らが話すのは片言のカランバス語だった。

言葉とともにヤポネの記憶も断片化して、ほとんど意味が通じなかった。それが妄言者と呼ばれる所以《ゆえん》だった。

「ばらばらに砕けた土瓶の画みたいな感じかな。何かが描いてあるのは分かるんだけど、繋げてみる気にもならないような。こういうことかなとは思ってたけど、確かめたいとは思わなかった」

機械の墓場を出てからも、おれは特に動かなかった。大恩人のイリェーナ先生に迷惑がかかると直感していた。歴史の授業だけは聞いてはいけないと伝えられて、おれは素直に従った。正直なところ、禁じられたこと自体が、答えに近かった。

「では、リョウは全て、ご存じだったのですか」

レオニートは問いを繰り返す。

「ご自身が――ヤポネが、どこから来たのかを」

「まあな」

おれは小さく頷いた。

「それもおんなじだ。ニーナ先生に聞いて、初めてはっきりした」

「では――カランバスの享受する資源《めぐみ》が、どの竜の身体《にく》から来ているかは」

「そりゃな」

おれはごまかさず、きちんと告げた。

「ドーチェだ」

レオニートは何かを飲み下すように、咽喉を鳴らした。

「……そうではないかと、ずっと思っていました」

彼は顔を手にうずめるようにして、深く俯いた。

「首都を発ったあの日、飛空船からドーチェを眺めた貴男は――泣いておられたので」

おれは覚えていなかった。

「そうだっけ？」

「そうですよ」

そんな前から察していたとは恐れ入る。

「本当に知ったのはほんの昨日だぜ。ほら、〈竜と天候、地形、そして文明〉の教科書にあったからさ」

それによると、正確には、彼女の木乃伊《ミイラ》だという。

そもそも竜の遺体は腐りにくい。うろこの下の森が、竜の死後にもしばらく生き続け、遺体から水分と養分を吸い上げるからだ。微生物が繁殖して腐るよりも早く、竜の死肉は速やかに乾燥し、永く残る。

これを〈故竜山〉と呼ぶらしい。

『そうよ。竜は死んだ後、山になるの』

少女リリはあっけらかんと教えてくれた。

『それを切り崩して、燃料と資材を得るの。竜は死んでからも、人に恵みを与えるのよ。〈竜骨〉を加工できるようになってから、〈竜工学〉はうんと進歩したの。例えば、ほら！〈機械仕掛けの竜〉の車輪を繋ぐ連結棒。あれもドーチェの大腿骨よ』

彼女曰く、ドーチェの木乃伊は屍蠟《しろう》とも言うらしい。屍蠟とは、脂肪分が変性して蠟のようになったものだ。

『珍しいのよ。極北の地で亡くなったから。とっても低温で乾燥していて、腐敗しにくい環境でしょ。だからできたみたい。

ドーチェの〈山〉ほど状態のよいものは世界にないの。ドーチェの〈竜脂炭〉は世界一香りがいいのよ。砂漠《ヘト・カ・フ》の国でドーチェの〈竜脂炭〉を焚いてみたら、鳥や蜜蜂が訪れて、お花畑が生まれたらしいわ』

　リリは明るく笑っていた。

　彼女の話は、ちっとも不快でなかった。むしろ嬉しかった。おれは知らぬ間に、先祖と同じように、ドーチェの上で暮らしていたのだと分かったから。

ところが、レオニートはそう思わないらしい。

「リョウは、どう、思われていますか」

　乾いた声を震わせて、レオニートは問う。

「――〈竜宝《オパル・オ・フ》の門番〉のことを」

　来たか、とおれは思った。

　目を合わせてやりたいのに、レオニートは顔を伏せたままだ。

「僕たちオパロフは、ドーチェの〈山〉の管理者です。ドーチェの遺体を削り、富を得ています。ヤポネの方々は、僕たちを〈屍《しかばね》喰い〉と呼ぶとか。母なる竜ドーチェの骨肉をむさぼる、呪われた氏族だと――そして」

　レオニートの声は苦しげだった。

その先は、言わせなくて良いと思った。

「それ、〈解剖〉なんだって聞いたぜ」

おれは努めて明るく、レオニートを遮った。

「オパロフは昔、〈竜ノ医師〉だったんだってな。ドーチェを治せなかったから、彼女の傍に留まって、病気を解明しようとしてるんだろ？　検分の後は、そりゃあ使わにゃもったいないもんな」

レオニートが驚いたように顔を上げる。白夜の弱い光を反射して、彼の瞳は碧玉色から紫水晶の色へと忙しなく移ろっていた。

「あのなぁ、坊ちゃんよ」おれはあえて、すげなく手を振る。「お前にとっちゃ、おれが初めてのヤポネかもしれねぇがな。だからって、ヤポネの代表にされちゃあ荷が重いぜ。ヤポネがオパロフをどう言おうが、それはおれの言葉じゃねぇし」

言いながら、おれは思い出していた。

入団した時の、団長マシャワのお言葉だ。おれはヤポネでも、ヤポネはおれではない。

戸惑うおれを、そう諭《さと》してくださったものだった。

「お前も同じだろ。お前はオパロフだけど、オパロフがお前じゃあない」

青ざめた金の睫毛《まつげ》が、はっと揺れる。

「おれは、気にしねぇよ。お前は？」

「しません」

言ってから、彼はゆっくりと笑んだ。凍った枝先が融け、花芽が綻《ほころ》ぶ。そんなふうに。

「——しません」

「だろ」

お茶をそそぎ合い、碗を掲げる。安物の茶碗も、きんっと良い音を奏でた。熱々の茶を一気に飲み下して、火傷したと笑い合う。この馬鹿馬鹿しくも奇跡のような日々が、いつまでも続かんことを願って。

けれども、そう祈ったのは、おれ一人のようだ。

「……良かった。最後に、貴男と話せて」

心の奥に刻み込むように、レオニートは囁いた。

「——今、なんて？」

「僕は大変幸運でした」レオニートにおれの問いは届かない。「オパロフの生まれでありながら、医師団に受け入れていただき、生きた竜に登ることを許され、その飛翔の瞬間をこの目で見られた。そしてなにより、リョウ」

——貴男に、会えた。

永遠の別れの如く、それは響いた。

「オパロフの人間は生きた竜に触れてはならないのです」

耳鳴りのせいで、レオニートの声が聞きづらい。

「ドーチェの死以来、定められた禁です。それを僕は犯した。たとえ団の方々が許しても、世界が僕を許すはずなかったのです。何故なら」

おれは立ち上がっていた。

言うな。言わなくていい。そう告げたかったのに、咽喉が張りつき、声が出ない。

「オパロフは、ドーチェを殺害した――〈竜殺し〉の大罪人ですから」

だからなんだ。お前はお前だ。おれが叫ぶはずの言葉は、レオニートの頰を伝うものに吸い込まれ、消えた。薄明かりのもと、それは真珠そのものだった。

「やはり、全てご存じだったのですね。それでも貴男は、僕と一緒にいてくださった」

ありがとう《ブラガーダ》、とレオニートは笑んだ。

氷柱《つらら》のように澄んだ、別れの微笑だった。

「さようなら、リョウ。僕は明朝、ここを去ります。先日通達されていた通りに」

曰く。

オパロフの子の身柄を〈死ノ医師団〉に引き渡すべしと。

コバラミン欠乏症《アコバラミノーゼ》

ヴィタミーンの一種コバラミン不足による諸症状。貧血が最も有名。末梢神経症状のほか、意識混濁《こんだく》や認知症様の精神症状を伴う。以前は原因不明であり、悪性貧血と呼ばれていた。

コバラミン類は肝臓に蓄積されるため、胃切除後や極端な菜食主義者などの特殊な状況でなければ欠乏しない。ただし食事量の減少した高齢者では、一見正常ながらもコバラミン欠乏症が潜在しうる。

四半分の症例は貧血がなく、脳神経症状が初発かつ単独所見となり、診断に難渋する。急激な認知機能低下の際は血中ヴィタミーン値を測定されたし。

解説

小出和代

昔々、人が大地の成り立ちや自然現象を考えるとき、そこにはしばしば巨大な生き物が登場した。例えば大地を支える象、風を起こす大鷲、川を作り雨を降らせる虹の蛇、地震を起こす大鯰《おおなまず》。

もちろんこれらは、あくまでも空想上の話……だけれども。もし本当に大きな生き物が存在していて、地形や気象に影響を与え続けているとしたら?

『竜の医師団』は、まさにそういう世界の物語である。大地の有様を変化させ、気象に動きを与えるのは、巨大な竜だ。彼らが空を飛べば気流が生まれ、狩りのために海へ潜れば海流が生まれる。雨をもたらし、時に火を噴き、斃《たお》れた後の身体は山になる。

作中の歴史書に、こんな一文があった。

「この世は竜の創りしもの。(中略) 竜あるところに豊穣あり」

人は、竜の恩恵を受けられる場所に集って栄えるのだ。

もし竜が病めば、その症状が天地に影響して、地震だの旱魃《かんばつ》だの大きな災害に繋がってしまうだろう。つまり、竜にはできるだけ心身ともに健康でいてもらわなくてはならない。

かくして、竜専門の医療チーム〈竜ノ医師団〉登場、と相成るわけだ。

本書の主人公は、十六歳の少年リョウ・リュウ・ジだ。虐《しいた》げられしヤポネ人の彼が、憲兵の手を逃れて辿《たど》り着いた先が〈竜ノ医師団〉、国の法に縛られない独立独歩の地である。なりゆきで行動を共にすることになった貴族のお坊ちゃまレオニートや、才気煥発《さいきかんぱつ》で鼻っ柱の強い少女リリ、クセの強い医師団の面々に囲まれて、リョウは〈竜ノ医師〉を目指す。

彼らが住む国カランバスには、齢《よわい》数千年のご長寿竜ディドウスがいる。人の言葉を話すわけではないけれど、人が何を言っているのかはちゃんと理解している。年相応にあちこちガタが来ていて、気むずかしくて、ときどき都合良く耳が遠くなるタイプのおじいちゃん竜だ。

彼がどんな病を抱えているかについては、目次をそのまま引用してみよう。

カルテ1　咽喉《のど》の痛みと、竜の爆炎
カルテ2　全身の痒《かゆ》みと、竜の爪
カルテ3　もの忘れ、ふらつき、そして竜巻《たつまき》イガイガも、カユカユも、フラフラも、人間がよく訴える小さな不調と同じだ。でもこれが竜の身に起こるとなれば、やっかいさは倍増である。何しろサイズが大きい。しかも年を重ねるほど大きくなるものなので、長老ディドウスともなればちょっとした山のごとく。そんな巨竜が病むのである。

カルテの文字通りに想像するなら、火を噴く竜がのどを痛めれば咳を連発しそうだし、痒い痒いと身体をかきむしった爪が、勢い余って大地を穿《うが》つかもしれない。巨体がよろめいて転んだり、夜昼なく徘徊《はいかい》を始めたりしたら、人間はひとたまりもないだろう。(まあ、実際の内容はこんなに単純な話ではないのだけれど)

なんとか健康を取り戻してほしい。そこでちっぽけな人間たちが寄ってたかって、山のように巨大な竜を治療するのだ。サイズが違いすぎるというだけでもう、医療行為がちょっとしたアドベンチャーである。竜に話しかけるときは、拡声器を使わなければ声が届かない。ケアをする看護師は険しい竜の体表面を登攀《とうはん》しなくてはならず、おのずと屈強な精鋭部隊になる。投薬だって簡単ではないのだ。

しかも竜と人では、寿命だってまったく違う。千年単位で生きる竜が慢性疾患など患ったら、せいぜい百年程度しか生きられない人間ひとりの身では、経過観察も覚束ない。だから〈竜ノ医師団〉は、次代へ次代へとカルテで病状を申し送る。竜の病が悪化して人に災いをもたらさないよう、できるだけ健康に長生きしてもらうために。

……なんだかこれって、私たちのいる現実世界で、地殻変動や火山の様子が観測され続けているのと似ていやしないだろうか。

気象、海流、マグマと火山、大地の動き。個人的な話で恐縮だが、私たちが今住んでいるこの惑星の成り立ちや事象は、とても雄大で興味深い。私はいつか誰かが、このダイナミックな題材を丸ごと取り込んだ異世界ファンタジーを書いてくれないだろうかと、ずっと思っていた。それはきっと神の世から語りはじめるような、大掛かりな話になるに違いない。そうでなくては書き得ないだろう、とも予想していた。

ところが、である。『竜の医師団』で「竜と医学」という切口からこれを語りはじめたものだから、意表をつかれてすっかり舞い上がってしまった。なんと、なんと。こんなやり方があったとは！

ファンタジーといえば魔法を連想しがちだけれど、『竜の医師団』の世界では魔法ではなく、科学や医学が発達している。生物がどんな栄養素を必要とするか、それはどんな食物に含まれているか、臓器、骨格、体表の常在菌、薬についてなど、現実の私たちの知識に照らして読んでも違和感がない。よく知っているけれど、ちょっとだけ違うものが、たくさん登場する。医学的な知識がある人なら、「あれだな」とニンマリできるだろう。治療対象が巨大なので、検査や投薬、患部に到達するための移動手段も大掛かりで、それゆえに機械や工学も発達している。何となく、スチームパンクSFのような空気を感じるのが面白いところだ。

もうひとつ、我が道を行くクセの強い人物ばかりが登場するのに、作品全体の印象はとても上品なのも面白い特徴だと思う。例えば七〇年代あたりの少女漫画に登場する男の子たちが、時折少しフェミニンな語り口を交ぜていたのを、ふと連想させるのだ。背骨のしっかりした話を読みたいけれど、残酷で痛々しいシーンがあったり、気分が重くなるような話は苦手だという人には特に、『竜の医師団』をおすすめしたい。安心して手に取っていただけると思う。

さて、ファンタジーというのは何でもありの自由なジャンルだけれど、決してルール無用で書ける楽なジャンルというわけではない。世界を土台から構築して、読者を納得させなくてはいけないのだから、その分難しく、著者の腕が問われるものだ。

特に『竜の医師団』の場合、医学を扱うわけで、難しさもひとしおだろう。この世界における医学レベルはどれくらいなのか。竜がどんな病を得ると、どこにどういう影響が出るのか。違和感がないように設定し、書き進めるためには、現実の医学知識が少なからず必要になるはずだ。大胆に高く跳ぶためには、揺るぎない足場がなくてはならない。

もっとも、この点については心配いらないだろう。なぜなら著者の庵野ゆき氏のうち〝一人〟は、現役の医師だというのだから。

実は庵野ゆきというのは、愛知出身の医師と、徳島出身の写真家、二人の人物による共同ペンネームである。デビューは二〇一九年、『門のある島』で第四回創元ファンタジイ新人賞優秀賞を受賞したのがきっかけだ。受賞作は『水使いの森』とタイトルを改めて刊行され、続く『幻影の戦《いくさ》』『叡智《えいち》の覇者』とあわせて、〈水使いの森〉三部作と呼ばれている。

そして『竜の医師団』は、氏の四本目の著作であり、新たなシリーズの幕開けである。医学をファンタジーに落とし込むさじ加減の上手さも、情景がはっきり見えるような鮮やかな描写も（特に動きの速いシーンが上手いのだ！）、著者二人の経歴を知ると、何だかやけに納得してしまう。特に、第三話に書かれているディドウスの雄姿は、読みながら胸が震えて、ちょっと泣きそうになった。遠くから見えてくるもの、身の回りで起きること。すっきりとした描写が的確に並んで、力強く読者の視線を引っ張る。そして私たちも医師団と一緒に空を見上げ、圧倒されることになるのだ。大自然の空撮や動物の生態を追いかけたドキュメンタリーなどが好きな人は、同じように胸が熱くなると思う。ああ、実際に見てみたい。せめてどこか飛行描写の上手いアニメスタジオが、このシーンだけでも映像にしてくれないだろうか……。

いい話だったなあとほっこりすること請け合いなのだが、それだけで終わらせてくれないのもまた、この作品の憎いところだ。次々と眼の前に降ってくる大事件や、やけに美味《おい》しそうな食事に目を奪われ、まさに医師団新入生の気持ちで一巻目を読み終える頃には、「続き！　二巻目早く！」と否応なく叫ぶはめになる。作中でひょいと差し出された小さな謎や違和感が、まだ回収されずにいくつも残っている。あれは是が非でも、全部拾って解き明かしてもらわなくては。ディドウス以外の竜にだって、会ってみたいではないか。

続き、続き！……と、読者が地団駄を踏むのを見越していたのか、二巻目は幸い、間を置かずに出るらしい。良かった。私たちの地団駄で地面に穴が開くより早く、リョウたちのその後を知ることができそうである。

検印
廃止

著者紹介　徳島県生まれのフォトグラファーと、愛知県生まれの医師の共同ペンネーム。『水使いの森』で第4回創元ファンタジイ新人賞優秀賞を受賞。著作に『水使いの森』『幻影の戦』『叡智の覇者』がある。

竜の医師団 1

2024年2月29日　初版
2024年6月7日　4版

著者 庵《あん》野《の》ゆき

発行所（株）東京創元社
代表者 渋谷健太郎

162-0814/東京都新宿区新小川町1-5
電話 03・3268・8231-営業部
03・3268・8204-編集部
URL http://www.tsogen.co.jp
DTP 萩原印刷
晩印刷・本間製本

乱丁・落丁本は、ご面倒ですが小社までご送付ください。送料小社負担にてお取替えいたします。

ISBN978-4-488-52410-4　C0193